Tatsunokotarou
竜ノ湖太郎
illustration
ももこ

8

Last Embryo

問題兒童的追想

問題兒童的最終考驗

Kadokawa Fantastic Novels

封面、內文插畫／ももこ

Kadokawa Fantastic Novels
問題兒童的最終考驗
Last Embryo
8
問題兒童的追想

「耀……耀小姐！
被關在裡面的人是耀小姐嗎！」

「YES……我中了盜獵者的陷阱，
所以就像這樣被關起來了。」

（啊啊！真是的！不該中了激將法，
隨隨便便就做出承諾！）

「——什麼啊，怎麼又是你？」

——看來我的壞運還是有可取之處。

「我——深愛著箱庭都市。」

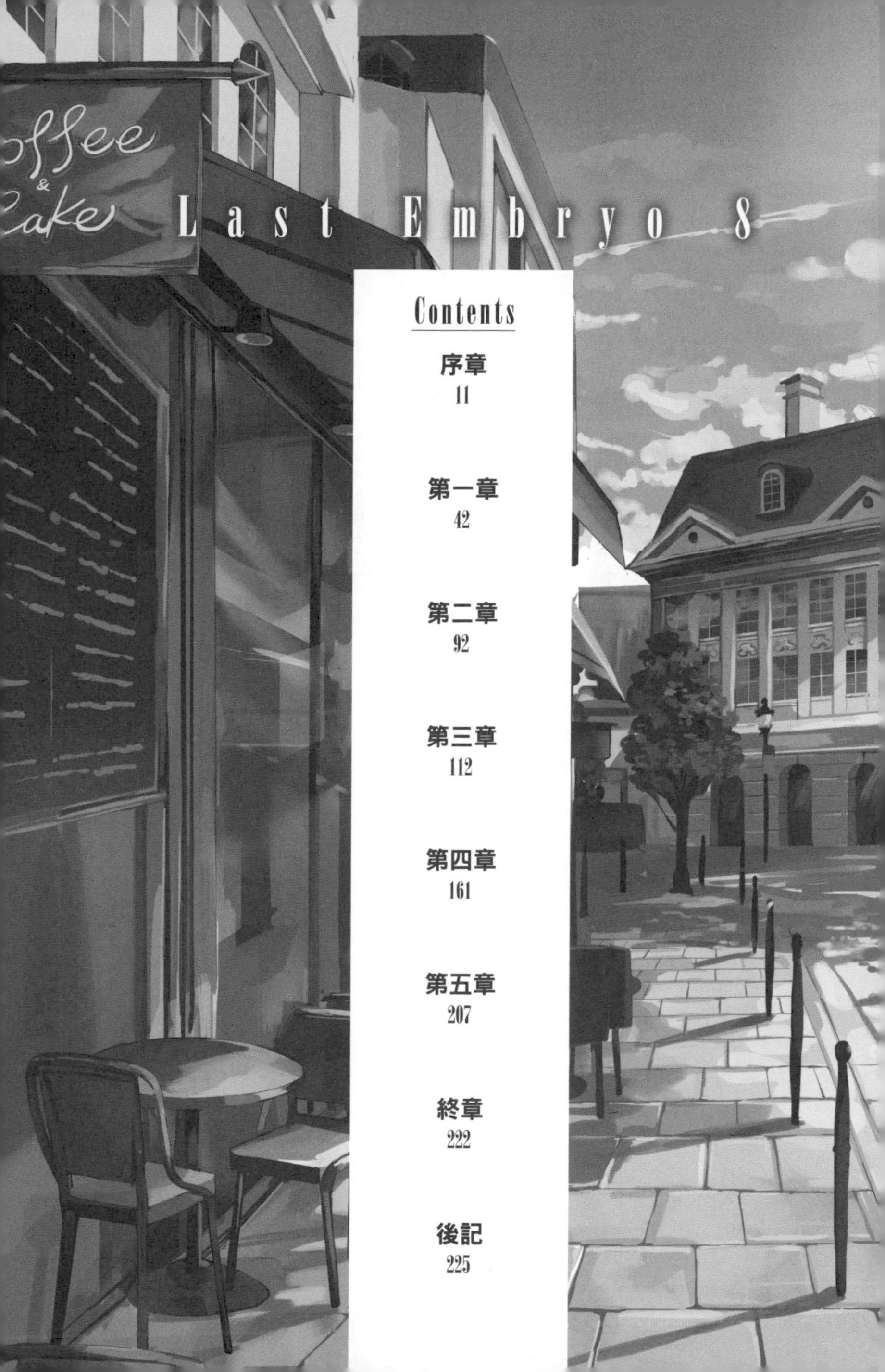

Last Embryo 8

Contents

序章

稍微倒回一段時間。

這是參賽者來到亞特蘭提斯大陸之前的事情。

「——沒想到錯估至此。

在自己沉眠的期間，居然有兩個半星靈（姊妹）清醒過來。」

潛藏於阿周那的影子裡窺探箱庭情勢的怪物——自稱「殺人種之王」的黑影是從踏上亞特蘭提斯大陸前就開始逐步恢復自我。

儘管她循著因陀羅的血緣成功侵入阿周那的肉體，倒也不是隨時都能掌握到外部的情報。畢竟要是過度公開活動導致自身的存在曝光，宿主就能輕易將其排除。因此殺人種之王動了一點手腳，只有在自身想要的情報通過阿周那的腦中時才會獲取外部的消息。

然而針對這次的情報，恐怕不得不說這些詭計反而成了白費力氣。

一開始，殺人種之王選擇優先確認其他半星靈的狀況，收集到的兩個情報卻立刻讓她滿心氣憤。

在她沉眠的期間，覺醒了兩名半星靈——也就是「蒼炎的惡魔」維拉・札・伊格尼法特斯以及「齊天大聖」孫悟空這兩個妹妹。

殺人種之王原本因為么妹誕生而感到欣喜，但是隨著她越來越了解兩人的狀況，欣喜就逐漸轉變成憤怒，變化成悲傷，最後形成無窮無盡的悲憤。

「哼——怎麼能愚蠢得如此沒有下限！

一個是把南瓜雜靈視為父親般仰慕，跟從那些聖人的奴隸丫頭！

另一個雖說和天軍槓上，卻認定雜龍跟雜靈是自己的家人！

這些捨棄了身為藍星星靈的氣骨，徹底沾染俗世價值觀的蠢貨，竟然有臉自稱為半星靈！」

殺人種之王在阿周那體內捶胸頓足地發洩心中悲憤，不過她並沒有完全失去理智。倘若她真的對么妹們感到絕望，這種變化想必會透過阿周那傳達給黑天。

殺人種之王盡情發洩完憤怒情緒後，才壓抑住自身怒火，開始回顧獲得的情報。

「……算了，至少和天軍交戰的『齊天大聖』尚有可取之處。而且深入調查之後，看樣子和么妹聯手的傢伙也個個都算是頗為優秀。」

試圖超越種族隔閡並成為一家人的集團——換句話說，也可以解釋成這些人不但互相接納了各式種族的價值觀，還立志要組成共同的群體。

如果當初是他們在那場戰爭中贏得勝利，箱庭或許已經成為和現今不同的樣貌。

「……『齊天大聖』，所以身為半星靈的妳，還打算成為原典（Origin）候補者嗎？而且你們想跨越的不只是人與人之間的隔閡，甚至也包括種族與種族之間的隔閡……實在愚蠢，要知道人類光是為了克服人種隔閡就耗費了萬年的光陰，打破種族藩籬的目標根本是一種用理想來形容尚且駭人聽聞的行徑。因為堅持這種理想而身受痛苦……妳真的是——」

……蠢得無可救藥。

殺人種之王帶著比先前更加強烈的悲憤情緒，重重地嘆了口氣。

為了跨越種族境界交流彼此想法，恐怕還需要下一段千年的歲月。對於只想找出辦法因應毀滅性火山噴發就好的人類來說，那是無法理解的境地。

但是話說回來，「齊天大聖」的理想不算糟糕。

就算那是因為希望自身被愛而湧出的理想，和除了「屠殺人類」以外別無其他目的的殺人種之王相比，依然可以算是具體許多的願望。

大地母神蓋亞與殺人種之王的最大差異就是在於這個願望。如果大聖的願望確實堅定不移，殺人種之王倒也樂意把藍星的主權託付給她。

「在那之前，首先必須更深入了解『齊天大聖』。她的義兄弟也搭乘了這列精靈列車，雖然這種行動有點風險，還是來稍微煽動那些傢伙的復仇心吧。」

「殺人種之王」露出陰鬱的笑容，送出內心的黑影。

她點燃的火焰轉眼間擴散開來，帶起「七天戰爭」的餘燼。

Last Embryo

——精靈列車，貴賓車廂。

紫煙休息室。

在負責載運太陽主權戰爭眾參賽者的精靈列車上，搭乘了形形色色的種族與相關人士。這些乘客當然包括籌辦方的有關人員和出資者，不惜砸下重金也要取得最好位置的修羅神佛也不在少數。

只是在眾多修羅神佛之中，難免會有那種仇人相見就要殺個你死我活的觀眾。

在瀰漫著紫煙的這間酒吧式休息室裡占了一個座位的眼罩男子正是其中之一。

他靜靜地看著玻璃杯中的水面，偶爾舉起杯子湊近嘴邊。

而後，男子把視線移到列車裡隨處都在播放的本日遊戲精華影片上。

這個戴著眼罩的人物——「覆海大聖」蛟劉瞪著在怪鳥滿天飛舞的遊戲中表現得特別顯眼的一名少年，滿臉苦澀地喝了口酒。

（……那個小鬼就是印度神群的阿周那，因陀羅的寶貝兒子嗎？聽說他在半神半人中是數一數二的高手，怎麼看起來卻是個欠缺霸氣的傢伙。）

蛟劉不高興地觀看遊戲精華影片，順便要求身為隨從的女性店員幫自己斟酒。

「Thousand Eyes」的女性店員嘆著氣為他倒滿杯子，同時開口數落了幾句。

「蛟劉大人，像您這樣鎖著眉頭喝酒，恐怕無法品出滋味吧？」

「什麼啊，要知道對別人品酒的方式吹毛求疵可是最不解風情的行為。」

「我認為如果是平常的蛟劉大人，不管是參加茶會還是酒宴，都能更加享受其中雅趣。如此愁眉苦臉甚至因此不知酒味，會導致負責倒酒的人也感到過意不去。」

請您體諒一下隨從的心情……女性店員毫不客氣地發表主張。

畢竟她原本是**那個**白夜王的隨從，要求起來自是毫不留情。

蛟劉帶著苦笑聳了聳肩膀。平常的他也樂意和女性店員再多耍耍嘴皮子，今天卻完全提不起那種興致。

「盡情暢飲！古今東西各種酒類隨你喝到飽！」

蛟劉是受到這個宣傳吸引才會離開房間來到這裡，卻完全沒料想到居然會被迫不斷欣賞仇敵兒子大出風頭的光景。

早知如此，自己在房間裡靜靜喝酒還好得多。

他遷怒似的放下還留有殘酒的杯子打算起身離開，這時……

兩個熟悉的感覺從後方靠了過來。

闖越紫煙而來的兩名不速之客原本讓蛟劉一時心生警戒，不過他很快察覺對方是和自己親近的人物而帶著驚訝回頭。

「什麼嘛……我還在想到底是誰，原來是大哥跟小迦陵啊。」

「那是我想說的話。來到這種熱鬧地方卻躲在角落裡縮著喝酒，不覺得這種行為很不符合二哥你的風格嗎？」

「喂喂，迦陵妳沒資格那樣說吧？妳自己不也一樣窩在角落嘔著氣喝悶酒？」

聽到身邊的高大壯漢——獼猴王的發言，迦陵不高興地嘟起嘴巴。

雖然三人都展現出親切的態度，一旁正好在場的女性店員卻是心驚膽跳。畢竟要是知道他們是何方神聖，恐怕無論是誰都會產生想要倉皇逃走的衝動。

這三個人都是被稱為「七天大聖」或「七大魔王」的古老強大存在。

「覆海大聖」蛟魔王。

「渾天大聖」鵬魔王。

「通風大聖」獼猴王。

其中似乎只有獼猴王使用目前在極東的通稱「酒天童子」，但是這個身分在極東之地仍舊是最為出名的妖王之一。

眾人皆知這三人是過去引起箱庭著名大戰「七天戰爭」的魔王，他們的相關事蹟也在各個地區都蔚為話題。

就算現在收斂鋒芒成為守護箱庭秩序的「階層支配者」和相關的協助者，卻不代表諸多傳奇已經跟著消散。

女性店員一臉緊張地對著酒天童子搭話。

「酒天童子大人，我知道蛟劉大人和鵬魔王大人都受邀搭乘精靈列車，卻沒聽說連您也會駕臨的消息。您這次果然是以主辦者的立場來參加主權戰爭嗎？」

「嗯，聽說主權戰爭的第二戰或第三戰會由我們這些極東的妖物來負責主辦。儘管目前還未能決定要舉辦什麼樣的遊戲……不過必定不會讓參賽者和觀眾感到無趣。」

看到酒天童子居然回答得如此乾脆，以為他必須遵守保密義務的女性店員忍不住睜大眼睛滿心訝異。

倒是酒天童子身旁的迦陵怒氣沖沖地瞪著他。

「……大哥，這些事情不可以告訴外人，我們應當遵守保密義務。」

「咦？」

「什麼？」

「真的假的！」

「當然是真的！是說為什麼連二哥都滿臉驚訝？你該不會已經跟哪個人說了吧？」

迦陵這下更是火冒三丈。

蛟劉直接轉開視線，看往完全不相關的方向。這種反應顯然是作賊心虛。

迦陵無奈地垂下肩膀，而後沒好氣地轉頭瞪著女性店員。

「……那邊的女性店員，我想妳應該很清楚，在這裡聽到的事情禁止外流。要是妳膽敢洩漏出去，到時不只是我們，連妳真正的主人都會跟著出醜。」

「我……我明白。」

女性店員警惕地挺直背脊。

太陽主權戰爭在諸神的箱庭中是最高層級的恩賜遊戲。萬一發生情報外洩的問題，身為女性店員原本主人的白夜叉想必也會因此臉上無光。

迦陵是基於這種考量才警告女性店員……不過，她突然想到一件事而感到不解。

「……嗯？話說起來，妳作為二哥隨從的任期不是已經結束，還被任命為『Thousand Eyes』南區分店的店長嗎？為什麼會在這裡？」

「那……那是因為……」

女性店員的臉色一下子變得有點狼狽。

蛟劉尷尬地把迦陵拉到身旁，對著她低聲解釋。

「啊……關於這件事，其實是因為店裡的顧客幾乎都被『六傷』搶走，所以她是為了負起責任才會又回到東區。這次則是跟著我被派來位於『精靈列車』上的店舖。」

「哎呀，原來是這樣。」

迦陵不懷好意地咧嘴一笑。

換句話說，女性店員雖然升任為女性店長，現在卻又成了女性車掌。

女性車掌做好會被冷嘲熱諷的心理準備，抿著嘴承受批評。

「說來可恥，但是這也代表我並不具備足以扛起雙女神招牌的才幹。目前正忍辱想從『六傷』那邊偷學個幾招，以期能從頭開始修行。」

「嘻嘻，這種心態真是值得嘉許。雖說被低階共同體使喚是極大的屈辱，不過身為在社會戰爭中落敗的一方，那也是應盡的義務。記得要好好待在下層共同體裡多多學習。」

「好了好了，迦陵妳少挖苦兩句吧。」

即使聽到酒天童子開口勸阻，迦陵依舊不改掩嘴竊笑的態度。

蛟劉露出拿她沒辦法的笑容，舉起手肘頂了迦陵一下。

為了替女性車掌解危，蛟劉打算稍微聊聊迦陵過去面對較低階的對手時曾經多次差點輸掉的往事。然而就在此時——

正在轉播的遊戲實況傳出了歡呼聲。

「最後的勝利者是『Queen Halloween』！請各位給予熱烈的掌聲♪」

黑兔率先拍手後，可以聽到紫煙中也跟著響起掌聲。

畫面裡出現了西鄉焰、御門釋天以及阿周那等人。

酒天童子摸著下巴的鬍子，似乎頗為佩服地大笑起來。

「哦哦，原來那傢伙就是傳聞的帝釋天之子嗎？說他參加了主權戰爭的傳言看樣子不是無中生有。所以……這幾個人是叫做『Avatāra』的共同體？」

「不是的，大哥。他們是『Queen Halloween』的傀儡，據說還有『No Name』的血親參戰。」

「『No Name』？……噢，就是在對抗『阿吉・達卡哈』時大展身手的那些小鬼嗎？也對，他們也參加了這場遊戲，這下真是讓人期待！」

嘎哈哈！酒天童子笑得很是豪邁。

相較之下，蛟劉與迦陵的表情卻很複雜。

正如先前所述，帝釋天和七天之間有著難解的嫌隙。更何況造成七天敗北的決定性原因正是名為「護法神十二天」的武神群。

佛門派遣而來的十二天幫助天帝軍（Deva）扭轉頹勢，導致七天這邊的將領接二連三遭到討伐，最後甚至連「齊天大聖」都成為階下之囚。

許多同胞和結拜兄弟失去性命，在他們的內心留下巨大的創傷。

此戰之後，活下來的七天與佛門之間也出現難以跨越的鴻溝。

迦陵以手扠腰，不快地吐了口氣。

「哼，我還以為帝釋天之子不知道會是多可怕的傢伙，看了比賽之後才發現他原來是個遠比想像中更欠缺霸氣的軟弱男。這種人居然是神王引以為傲的兒子，著實令人掃興。」

「……沒錯，既然在這種跟家家酒沒兩樣的遊戲裡都必須如此費力，這種水準根本上不了檯面。」

「哈哈哈！你們兩個的標準真是嚴格！」

像是要緩和氣氛的爽快笑聲在休息室裡迴響。

然而兩人並沒有因此收起不愉快的情緒。

蛟劉甚至還一口氣喝乾杯子裡的酒，不屑地開口說道：

「基本上，阿周那這傢伙根本不是那種清廉潔白的英傑吧？他在俱盧之野（Kurukshetra）那場戰爭中是靠著相當骯髒的手段才得以取勝，這件事早已廣為流傳。」

「我記得他把殺害長老、殺害師尊和殺害兄弟這三項罪行都湊齊了，另外還違背戰爭規則去和同族自相殘殺。」

「喔……竟然有這樣的傳說，讓人難以認同。」

第一次耳聞阿周那相關傳說的酒天童子皺起眉頭。

迦陵提到的事情想必來自於記錄印度神群傳說的史詩《摩訶婆羅多》。在這部被視為世界三大史詩之一的作品當中，「俱盧之戰」是規模最大的戰爭。儘管阿周那確實立下了諸多戰功，《摩訶婆羅多》卻記載那是一場骨肉相殘又血腥暴虐的可怕戰爭。

大長老兼一族最強的戰士，毗濕摩。

王族與同年代戰士們的上師，德羅納。

異父兄弟也是兄弟中最年長的戰士，迦爾納。

雖然正確來說，殺死上師德羅納的凶手另有其人，導致這結果的原因也是出於阿周那的哥哥而非阿周那本人，問題是使用的手段卻極為卑鄙凶殘。

換句話說，阿周那他們是利用奸計去排除了身為敵軍最強戰力的這三名戰士。即使人人皆知在戰爭中尋求正義是一種錯誤，這場血親相殘之戰的內容恐怕還是會讓所有人都感到厭惡。

「……哼哼，真是相當血腥的傳說。沒想到印度神群中數一數二的強者是那樣的大罪人，此事著實可笑。二哥也這麼認為吧？」

「沒錯。根據傳聞，其他神群好像還給那傢伙取了個奇怪的外號。我記得是叫做──『違約的英雄』。」

「哎呀，怎麼連別名都如此醜惡，我看他應該自己撤下印度神群最強的招牌才對。」

迦陵掩著嘴，毫不客氣地嘲笑阿周那。

然而在兩人帶著嘲諷講出「違約英雄」這名詞的下一秒──

一個酒瓶以驚人的速度擊中蛟劉的後腦杓。

「好痛──！」

酒瓶碎片和酒灑了蛟劉一頭。遭到奇襲的他直接臉部朝下撞向桌子，把桌面撞出裂痕。

就算這次攻擊確實出其不意，但是能快到讓蛟劉這種高手無法躲開，顯然速度非比尋常。

迦陵和酒天童子都因為突如其來的襲擊而吃了一驚，把視線投向紫煙另一邊的人影。只見先前投出酒瓶的男子以粗魯的動作挖著耳朵，同時揮開紫煙出現在眾人眼前。

「喂喂喂，剛剛我好像聽到有人罵阿周那罵得很難聽？最好只是我聽錯了──對，我就是在說你，戴著眼罩的混帳東西。」

迦陵和酒天童子瞪著發言的男子。

他雖然挖著耳朵，全身上下卻散發出直沖天際的怒氣。

虎背熊腰的體格展現出比外表更強大的氣勢，可以推測出此人必定擁有不凡的戰鬥能力。而且根據酒瓶飛過來的速度，也足以判斷男子顯然不是一般的戰士。

迦陵悶不吭聲地開始放出金翅火焰，卻隨即遭到酒天童子的制止。

「住手，迦陵。要是在這種地方使用金翅火焰，其他乘客可不會袖手旁觀。」

「可是！」

「沒什麼可是不可是。況且基本上，這次被槓上的人是蛟劉，所以接下來交給他判斷就好——是這樣吧，蛟劉？」

酒天童子摸著下巴鬍子咧嘴一笑。

就在此時，倒在桌上的蛟劉一言不發地站了起來。

他把溼透的頭髮往後一撥，跨著大步走向男子面前，臉上還掛著像是在強忍怒氣的凶暴笑容。

「你這傢伙是怎樣？是帝釋天他兒子的朋友嗎？」

「不是朋友。被你侮辱的阿周那是我的親人……我的弟弟。」

哦？三人眼裡透出三種不同的驚訝反應。

阿周那是出身印度神群的英傑，擁有四名兄弟——不，正確來說是五名。

據說他們兄弟每一個都是半神半人，父親各是不同的神靈。

不過就算是出名的英傑，能在箱庭持續保有靈格的人物仍是少數。赫拉克勒斯那種在希臘神群中也無人能出其右的大英雄自然可以另當別論，但阿周那的兄弟若想在箱庭內顯現，必須取得自身靈格以外的助力。

例如獲得星之主權，或是成為神靈的化身。

蛟劉瞪著自稱是阿周那哥哥的男子打量了對方一陣，接著拉起嘴角換上笑容。

他讓平常絕對不會示人的龍牙顯露於外，還往前踏了一步進入對方的攻擊範圍。

「抱歉讓你感到不舒服啊，小子。只是我的嘴巴比較老實，一不小心就把心中想法給直接說了出來。」

「哦？意思是你不打算更正自己的發言？」

和蛟劉對峙的男子全身都爆出怒氣。

兩人的氣勢讓紫煙被慢慢吹散，現場籠罩著一觸即發的氣氛。桌上的玻璃杯因此裂開，提燈的燈罩也出現裂縫。

就像是蓄意挑釁對方，蛟劉張開雙手大聲吼道：

「沒錯，要我講幾次都行！殺害長老！殺害師尊！殺害兄長！以各種卑劣作戰來贏得戰爭勝利的下流英傑！這樣叫做印度神群最強？真是讓人笑掉大牙！這樣的傢伙與其說是英傑，不如說他更像是雙手沾滿鮮血的魔王——！」

在大吼出這些話的同時，蛟劉的腹部也被男子強而有力的拳頭狠狠打中。

歷經在海底火山修行千年的鍛鍊，一般的攻擊根本無法傷害他的肉體。之所以刻意挑釁，是因為蛟劉打算讓對方先動手，問題是男子的臂力卻超乎預期。

從五臟六腑湧上的劇烈疼痛讓他無法呼吸。

對方的戰鬥經驗當然也沒有青澀到會放過這種破綻。

阿周那的哥哥睜大發紅雙眼並伸手拽住蛟劉的頭髮，把他甩向牆壁。

「嘎……！」

「哼！原來你只有一張嘴最厲害嗎！眼罩混帳！」

猛撲過來並順勢把蛟劉踢飛出去的男子繼續發動追擊。

這種戰鬥方式完全就是一頭野獸。

根據運用腳步和彎曲膝蓋的方式，可以看出此人肯定學習過武術，這次戰鬥他卻刻意封印了相關的招式與技巧。

換句話說，這傢伙根本只想打一場衝動性的鬥毆。

在正常的情況下，普通的蠻力對蛟劉當然不可能造成任何傷害。就算是半神半人，終究是人類揮出的拳頭。即使擊中山河，頂多也只會打出一個大一點的坑洞。

但是這名男子的攻擊卻毫不留情地痛毆蛟劉。

真是讓人難以置信的力氣。

「二……二哥！」

感到驚嘆的迦陵連連眨眼，並在察覺男子的怪力不可小覷後擺出備戰動作。結果卻再度遭到酒天童子出口制止。

「好了，妳別管他們。插手別人的糾紛是最搞不清楚狀況的行為。」

「可是二哥他！」

劈啪砰咚！大肆破壞休息室的兩人仍舊沒有停手。

紫煙轉眼間已被吹散，變成滿天飛舞的灰塵和四下飛散的碎片。

在濃霧另一邊的其他觀眾們注意到這場騷動後，不但沒人出面阻止，反而鼓譟起來像是想藉此為酒宴助興。

酒天童子也背對兩人，喝著酒擺出事不關己的態度。

看到平常可靠的大哥現在如此置身事外，迦陵氣得面紅耳赤。

「大哥！請你適可而止！講到般度五子（Pandavas），每一個都是出名的英傑！你難道不擔心二哥嗎！」

「居然問我會不會擔心……妳太誇張了，迦陵。這只不過是一場小架而已吧？」

「但是……」

「總之妳先坐下。怎麼說……我不知道什麼般度族的英傑是何方神聖，只是妳忘了嗎？蛟劉可是**四位數的魔王**喔。」

酒天童子似乎很不以為然地點出這個事實——就在同一時刻，自稱是阿周那哥哥的男子飛出去撞穿了旁邊座位，最後重重撞上酒吧的櫃檯。

「嗚……嘎！」

男子口吐鮮血。

被他撞碎的酒瓶碎片飛向各處，灑出來的酒淋濕了酒吧櫃檯。

來自紫煙另一邊的反應這下更加熱烈，不過當事者當然無暇理會那些觀眾。

雖然一樣是被打飛出去，男子身上的傷勢卻和蛟劉完全不同。發動反擊的蛟劉從容地拍掉身上灰塵走了過來，嘲笑還無法起身的對手。

「什麼啊……才稍微認真出手就成了這副樣子。原來你只有一開始最有氣勢，小子。」

「你……你這混帳……！」

發現蛟劉先前只是在評估狀況的男子滿臉憤怒地回瞪著他。

如果是一般的魔王，男子那種能夠擊穿山河的怪力大概足以打倒對手……然而站在他面前的人物卻不是一般的魔王。

蛟劉是箱庭四位數的魔王——在神域設置了根據地的「七天」之一。

原本是神話中的英雄英傑必須團結一致才總算能夠與其一戰之領域的魔王。

「憑你這點實力，居然有膽找魔王的麻煩。光是比你更有實力的人類，過去被我擊退的敵人就已經多如繁星。『覆海大聖』的旗下更是由各路強者高手堆出了屍山血海。」
「嗚……『覆海大聖』……！那麼，你就是那個七天之一嗎！」
看到男子按著側腹站了起來，蛟劉帶著狂妄的笑容對他點了點頭。
「正是，我乃『七天大聖』之一的蛟魔王，蛟劉。
在震撼中華大陸的大戰爭中名留青史，
人稱『翻覆大海之大聖者』——就是本人！」
蛟劉提高鬥志報上自身名號，鎮嚇眼前的敵人。
他鮮少在自表身分時講得如此完整，這或許是一種用來表現禮儀的方式。
最近幾年以來，能打傷蛟劉肉體的英傑僅有兩人。因此他判斷男子是應該給予相當敬意的對手。
如果是一般的英傑，想必已經因為這段威嚇而失去戰意。
但是這名男子——般度五子也絕不是所謂的一般英傑。
「哦……原來如此，我終於明白了。這就是你對阿周那吹毛求疵的原因嗎？畢竟阿周那是我們家頭子的兒子嘛。」
「你說什麼？」

蛟劉臉上的笑容消失了，剛剛這句話讓他無法隨便聽聽就了事。

阿周那是帝釋天和俱盧族王妃所生的半神半人。

換句話說，男子提到的「頭子」應該是指神王帝釋天。而且既然他使用「頭子」這種稱呼，代表此人是帝釋天的部下。

講到帝釋天組織的武鬥派集團──答案顯然只有一個。

「你……難道是『護法神十二天』的化身嗎？」

「沒錯！我正是風天伐由（Vayu）之子，般度五子中的次子！般度族中被譽為最力大無雙的勇士……怖軍（Bhima）大人在此！」

怖軍踢開酒吧櫃檯的殘骸，往前踏了一步。

眾人皆知他在印度神群各英傑中是數一數二的孔武有力，「怖軍」這名字甚至在後來的印度成為形容大力士的代名詞。

至於武術方面他也表現優異，在「俱盧之戰」裡據說打倒了諸多敵方將領。

身為風天兒子的怖軍想必是以神之化身的立場來保有靈格。

他啐了一口鮮血，齜牙咧嘴地展現出比先前更強烈的鬥志。

「喂，叫蛟劉的傢伙。我明白你是名聲響亮的魔王，不過我這邊也有無法退讓的誓言。」

「──……」

「對於那些侮辱我的弟弟……還有侮辱其他兄弟是『違約英雄』的傢伙，本人絕對不會輕饒。越是不清楚那場戰爭內情的外人越喜歡針對我們兄弟說三道四，但是那種人往往是對自身過失視而不見的類型。既然你根本不知道我弟弟究竟是經歷過多少苦惱才做出那些決斷……現在就由我來親手打爛你那張不懂分寸的臭嘴……！」

怖軍無論如何都不會容忍外人侮辱自己的親人。

他原本像個無賴的野蠻動作逐漸轉變成彷彿在模仿動物的拳法架式。

看樣子怖軍已經下定決心要使用武術。

蛟劉原本懷疑可能是形意拳之類，對方的套路卻不符合他腦中的任何知識。恐怕是印度神群眾英傑使用的武術中也有模仿動物的身法。

酒天童子從怖軍身上散發出的神氣察覺到不對勁之處，至此才初次對他產生戒心。

（這股神氣……混了一些別的什麼。除了風天，這傢伙身上還背負著其他神格。）

擁有雙重神格是極度危險的行為。

模擬神格會耗盡宿主靈格是人人皆知的常識，至於雙重神格則是會以更快的速度去減損靈格。

怖軍能夠承受這種損耗，證明他必定為此經歷過相當熾烈的修行。

酒天童子改變想法，認為讓他們兩人再打下去恐怕並不妥當。

然而看到義弟散發出的驚人殺氣後，他不由得把發言又吞了回去。

蛟劉的臉上掛著以往幾乎不曾見過的冷酷微笑，混合了鬥志與殺意的氣魄震裂了精靈列車的地板。

由於過去的傷痕又被掀開，讓年輕仙龍的眼裡湧上沸騰的血氣。

「……是嗎，我不知道你原來是『護法神十二天』。要是早點知道，就不會浪費時間打這麼麻煩的架了。」

蛟劉的身體微微晃動——以寂靜無聲的動作往前踏了一步。

逆迴十六夜和春日部耀肯定都不曾見識過這樣的蛟劉。

他抹去一切聲響，消除自身存在感，只有純粹的殺意不斷翻騰。察覺到這種感情的下一秒，一時啞口無言的酒天童子驚慌地站了起來。

「糟……糟了……！」

他很後悔自己先前太小看這次的狀況，因為蛟劉的右手握著一張正在逐漸轉變成黑色的「契約文件」。

面對過去奪走義兄弟生命的「護法神十二天」成員，當然不可能控制得住自己。明明酒天童子應該比任何人都更了解這種衝動，他這次卻判斷錯誤。

事到如今，即使必須使用強硬手段也一定要阻止蛟劉的暴行。就在酒天童子下定決心的這一瞬間——

眼前的空間突然出現裂痕，一頭甩成扇狀的銀髮反射出閃閃光芒。

「這兩個——超級大蠢貨！」

「嗚——！」

「白……白夜王！」

大吃一驚的兩人原本打算應戰，卻還是慢了一步。

「萬聖節女王」施展的空間跳躍在時間上不會有任何延遲，根本無法察覺前兆。

銀髮的白夜王介入蛟劉與怖軍之間，不由分說地出拳把兩人打飛出去。就算是著名的英傑和魔王，毫無防備地遭到星靈突襲還是會因此倒地不起。

兩人都被打向紫煙的另一端並重重撞上牆壁，最後一起失去意識。

*

——這場衝突結束後過了一個小時。

「蠢貨！你們這兩個黃口小兒不懂什麼叫做正確的時間和地點嗎！」

這段讓精靈列車都隨之震動的怒吼讓乖乖跪坐著的兩人不由得縮了縮身子。

紫煙另一邊的觀眾們也洩氣般地安靜下來，整間休息室充滿異樣的氣氛。

畢竟素來不會因為區區小事而真正動怒的那個白夜王正在大發雷霆，連一身神氣都因此向外迸散。其他觀眾儘管身為修羅神佛，倒也不想惹火第一次太陽主權戰爭的霸者。

至於被喝令跪坐的蛟劉和怖軍當然無法違抗白夜王，只能一臉不滿地互相瞪著對方。

或許是怒吼一陣感到累了，白夜王垂下肩膀看向兩人。

「唉……你們一個是身為箱庭秩序頂點的『護法神十二天』，一個是負責守護箱庭的『階層支配者』，這樣的人物居然在精靈列車的休息室裡大打出手，想也知道會導致魔王們小看護法勢力已經減弱並再度作亂。你們該不會幼稚到無法理解這一點吧？」

「「可是這傢伙！」」

「沒有什麼可是不可是！兩個渾小子！」

白夜王一聲怒斥，空間出現了裂痕。

如此怒不可遏的白夜王真的極為少見。

實在看不下去的酒天童子開口介入雙方之間。

「好了好了，白夜王妳別氣成這樣。他們兩人已經反省，而且想必妳也聽聞過蛟劉的工作表現。只要讓他先冷靜下來，肯定能確實執行身為守護者的職務。」

「……唔。」

「還有那邊的小子，我明白你心中的憤怒，但我們兄弟內心也有無法完全平復的傷痕。既然現在已經知道你是『護法神十二天』之一，要他低頭恐怕是件難事，所以這次希望你能接受我代為賠罪。」

看到酒天童子低頭致歉，在場所有人都大吃一驚。

「對於義兄弟的冒犯，實在過意不去。在我酒天童子的旗幟之下，不會讓類似的侮辱行為再度發生。」

「等……等一下，大哥！」

「怎麼能對十二天示弱！」

「你們兩個都給我自制一點！到底知不知道你們的大哥是為了誰這樣做！」

白夜王再度怒喝，訓斥激動的兩人閉上嘴巴。

怖軍摸不清楚酒天童子的意圖，以充滿懷疑的表情回瞪對方。

「……我搞不懂，為什麼你要道歉？不對，應該說為什麼你有辦法對我低頭？十二天和我們家頭子不是你們義兄弟的仇人嗎？」

「當然是那樣沒錯，但是我也可以理解你的憤怒。因為我會回想起以前發生七天戰爭那時的狀況，所以這次無論如何都無法打心底感到忿忿不平。」

聽到這句話，眾人都倒吸了一口氣。爆發七天戰爭的理由，是起因於他們想要救出一名半星靈。

當時藍星的半星靈之一——「齊天大聖」孫悟空即將受制於天帝的奸計並因此喪命，促使試圖拯救義兄弟的七天下定決心墮為魔王。

為了證明齊天大聖的存在或許是「罪」卻絕非是「惡」，六名妖王賭上了自身的性命。

「風天怖軍，這次的你同樣也是為了兄弟的名譽才出手攻擊。如果我否定你的憤怒，就等於否定了自己過去的憤怒。雖說雙方都對彼此抱有遺恨，但內心靈魂最珍重的事物應該相同……是這樣吧？」

「——……」

「所以，我願意再度向你賠罪……你是否可以接受我的致歉並收手？」

酒天童子又一次緩緩低頭打算賠個不是。

然而怖軍卻伸出雙手阻止了他的動作。

「不，讓身為渡世王的你道歉兩次未免太說不過去，下一個該有所表示的人是我才對——很抱歉這邊先動了手，蛟魔王。」

轉身面對蛟劉之後，怖軍也開口謝罪。

如此一來，蛟劉和迦陵都無法繼續反駁。

要是不接受道歉，不但會讓酒天童子沒面子，甚至連七天戰爭的正當性也會遭受質疑。

蛟劉只能咬著牙點了點頭，怖軍見狀後立刻起身。

「那麼打擾了，七天的各位。晚點我會差人送來一些東西作為陪禮，還會特別針對酒天童子提供最上等的好酒。」

「嘎哈哈！聽起來真不錯！不枉我出面道這個歉！」

聽到這爽快的笑聲，怖軍也露出笑容。看樣子這種笑容才是怖軍這位英傑原本的表情。

等到他離開之後，白夜王嘆著氣看向酒天童子。

「嗯……這次讓你費心了，酒天童子。北區的守護者果然不同凡響。」

「不不，最近我把所有事情全丟給女兒們處理。而且該道謝的人是我，要是再晚一步，恐怕會發展成無可挽回的事態。」

酒天童子和白夜王同時把視線放到蛟劉身上。

蛟劉尷尬地把臉轉開。

因為怒氣攻心的他只差一點就會使用黑色的「契約文件」——「主辦者權限」。

一旦再度成為魔王，想必無法避免遭受處罰。

這時迦陵挺身擋在蛟劉前面，就像是要為他辯護。

「請等一下，大哥、白夜王。如果你們打算懲罰二哥在盛怒之下做出的行為，我可沒辦法默不作聲。更何況應該是那個沒禮貌的傢伙先下手危害二哥。」

「我知道。可是這裡畢竟還有其他觀眾在場，不能沒有任何處置直接放他一馬。」

白夜王也點頭同意酒天童子的發言。

「妳放心，迦陵。我正好想找個人手幫忙，所以打算委託蛟劉擔任第二戰的嚮導（Navigator）。這樣可以吧，蛟劉？」

「是。我讓大哥丟了面子，這點小事不算什麼。」

蛟劉搔著後腦，安分接受白夜王的安排。

好，總算塵埃落定……白夜王打開扇子，愉快地大笑幾聲。

「那麼說教時間也到此結束！主權戰爭的第二戰會在有點廣大的地方進行，眼下正需要人手來幫忙！」

「廣大的地方？意思是除了我之外還有其他嚮導嗎？」

「沒錯！第一戰時只有赫拉克勒斯一個負責這方面，不過第二戰中我委託了許多組織幫忙引路！因為舉辦地點是我至今都不曾產生興趣的土地，相關人脈自是不足，我也為此很是困擾！」

聽到這些話，蛟劉等人滿心不解地歪著頭看向彼此。

白夜王在諸神的箱庭中可以算是最老資格的存在之一，連這樣的她都沒有興趣的大地——究竟是什麼地方？

「總覺得有不妙的預感……所以說第二戰到底預定使用哪裡作為舞台？」

「嗯！答案肯定會讓你們大吃一驚！第二戰的舞台其實是——」

＊

——哦？殺人種之王發出感到意外的聲音。

看樣子對她來說，第二戰的舞台似乎是個出乎意料的地點。

然而被困在阿周那體內的殺人種之王還無法做出任何行動。除非她占用阿周那或黑天的身體，否則頂多只能像這樣觀察外界。

倘若在這種狀態下展開行動，神王因陀羅率領的護法神十二天想必不會束手旁觀。以殺人種之王目前的實力，和天軍正面衝突根本是不智之舉。把力量借給黑天，讓自己繼續保住一命已經是盡力而為了。

除非能藉由什麼契機獲得自由之身，當然又另當別論——

「自由嗎……也對，只要能重獲自由，可以利用的棋子看來已經齊備。例如那群結拜兄弟，在復活之後把他們拿來擺布或許是個不錯的主意。」

殺人種之王在內心發誓，要是自己真能重獲自由，屆時……會讓世人好好見識王冠種的威勢。

但是不管怎麼樣，第一戰是那個「蓋亞么子」堤豐的舞台。如果那個人是真心想對現今的箱庭提出異議，那麼暫時靜觀就是作為前輩應盡的義務。現在就先來看看他能有多少本領吧。

萬一「蓋亞么子」失手搞砸——

那個時候，才是輪到她這個殺人種之王上場的時機。

在那一刻到來之前，殺人種之王決定抱著期待暫時沉眠。

時序回到現在。

亞特蘭提斯大陸上舉行的太陽主權戰爭第一戰結束後已經過了一星期。

關於原住民的收容問題，多虧各地的共同體願意出面回應，後續處理進行得相當迅速。其中有個積極接納難民的共同體，那就是被任命為東區的「階層支配者」，現下正在擴大領地的「No Name」。

對於想盡可能多網羅一些強力戰士的「No Name」來說，亞特蘭提斯大陸的原住民是足以成為立即戰力的集團。

雖說在各種信用問題方面起了很多爭議，最後雙方還是在幾天前達成協議，採用出借土地並支援原住民重建的形式。

善後工作好不容易告一段落之後，「No Name」的領導人——春日部耀精疲力竭地趴在桌子上。

「啊～……收容原住民的準備作業終於結束了，必須好好感謝主動提供支援的『六傷』才行。」

「畢竟不光是土地，還需要食物和衣服等物資嘛。這算不算是出外靠朋友？不對，應該說是出外要靠有交情的商業共同體。」

飛鳥帶著苦笑喝了一口紅茶。

坐在旁邊的逆廻十六夜單手撐著下巴，臉上掛著不懷好意的笑容。

「哎呀，首領大人真是辛苦了。又要擴展自家共同體又要跟同盟共同體合作，該做的事情堆積如山。」

「真的，都不能像某人一樣自己想做什麼就做什麼。不覺得差不多也到了可以來接替我的時候了嗎？」

「我個人是很想那樣做啦，無奈世上眾人不肯放過我。等情勢穩定下來之後，我會稍微幫一些小忙。」

十六夜講得一副不關己事的模樣，不過他並沒有說謊。

對於把經營「No Name」的責任完全丟給耀的現狀，他心裡有一點點——真的只有一點點感到過意不去。

然而在亞特蘭提斯大陸上親自面對的真相讓十六夜無法過著安穩的日子。

星辰粒子體（Astral Nano Machine）的實驗體和犧牲者們。

疑似是實驗主導者的國際組織黑暗面。

還有——會導致藍星成為死星的星之大動脈崩壞，毀滅性的超普林尼式火山噴發。

（終於連自稱藍星星靈的傢伙也出現了。主權戰爭期間是能夠往來箱庭內外的少數機會，現在不是回歸「No Name」的時候。）

激戰後倒下的堤豐尚未清醒。他知曉粒子體研究的祕密部分，還認識十六夜與焰的父親西鄉東夜。

西鄉東夜的知己有許多都死於不明原因，十六夜本人也沒聽說過相關的詳情。

但是堤豐很可能知道什麼連十六夜都沒能察覺的最後一片拼圖。

他很想立刻找堤豐問個清楚，可是堤豐、阿周那和黑天都處於必須靜養的狀態。

目前只能乖乖等待堤豐清醒。

……話雖如此，也不能把工作繁重的耀丟著不管。

不僅蕾蒂西亞和克洛亞至今仍舊沒有消息，她還要參加主權戰爭。要是再這樣下去，總有一天必定會發生問題。

至少要把共同體內部事務交給清楚內情的其他人負責，否則耀恐怕會累垮。

「……總之，我多少也感到抱歉。所以這邊會負責去找蛟劉或白夜叉、嘎羅羅大叔商量對策，妳暫時再撐一陣子吧。」

「嗯，真的快要不行時，主權戰爭那邊只能交給十六夜了……」

「不，我沒辦法。」

聽到十六夜立刻拒絕，兩人都吃了一驚。她們大概是認為就算只剩下自己一個人，十六夜也會繼續參賽。

不過十六夜卻不以為然地看向耀和飛鳥，一副這個回答是理所當然的態度。

「妳們忘了嗎？我的肉體年齡即將被判定為成人。不管怎麼樣，都不可能以參賽者的身分繼續參戰。」

「啊……！」

「啊……也對！十六夜快要成人了……」

完全忘記這件事的兩人這下才重新體認到「No Name」確實面臨危機。如果不趕快想點辦法，「No Name」能投入主權戰爭的戰力就只剩下身為客將的上杉女士，連繼續參與遊戲都有困難。

所以當務之急，是要盡快安排當春日部耀不在共同體時能夠代理她的人員。

「到下一場遊戲開始前還有一點時間，只能去找應該有空的傢伙，委託對方幫忙管理『No Name』。」

「是……是啊，可以信賴的人很多，必須趁現在趕快聯絡才行。」

耀表現出堅強的態度，表情卻帶著憂鬱。

想必身心雙方都已經相當疲勞。看到她這副模樣，似乎連十六夜都感到良心不安，他搔著後腦豎起食指。

「啊～……好吧好吧，我知道了。在找到代理人之前，由我來負責共同體的事務。春日部妳先去休息一下。」

「咦……真……真的可以嗎？十六夜不是在忙外界的事情嗎？」

「只到找到代理人為止，應該不會花很多天吧。而且為了掌握『No Name』的現狀，擔任領導人的代理是個不錯的做法。除了判斷必須由妳才能裁決的案件，其他事情我都會統整起來。」

十六夜咬著吸管，像是覺得很麻煩。

棘手的事情又增加了。

必須解決世界滅亡的危機，查明粒子體的祕密，還要找到幫手。

為了改善現狀，看樣子只能由十六夜自己四處奔走。不過，或許像這樣穿梭世界內外並解決各種事件的生活才符合他逆迴十六夜的風格。

正好在三人聊到一個段落時，遠方傳來蛟劉的聲音。

*

「喂！那邊的問題兒童集團！我可以打擾一下嗎？」

「啊……是蛟劉先生。」

「居然有個稀客主動來找我們搭話，有何貴幹？」

三人笑著迎接蛟劉，他卻無精打采地找了個位子坐下。

「哎呀……其實是受到白夜王的請託而接下有點麻煩的工作，所以我想找個人稍微聊聊。」

「哦？」

「既然是白夜叉的請託，就等於來自主權戰爭籌辦方的請託吧？難道是關於第二戰的事情？」

耀歪著頭提出疑問，十六夜和飛鳥也換上嚴肅表情。

若是能在此處獲得第二戰的相關消息，他們當然盡可能想要多知道一些。然而蛟劉卻笑著揮了揮手。

「抱歉，我必須遵守保密義務。而且很快就會公布關於第二戰的細節，你們可以好好期待。」

「啊，原來是那樣。」

「立刻獲得情報♪」

聽到十六夜如此刻意挑撥，蛟劉回以苦笑。

「真不知道該說你是耳聰目明還是聞一知十……算了也罷，反正一旦講明我的來意，大概還是會被你們聽出端倪。」

看樣子他果然是想討論有關第二戰的話題。

蛟劉對著十六夜做出要他靠過來的手勢，兩名女性也跟著把身體往前傾。蛟劉一邊警戒著周圍，同時低聲問道：

「十六夜小弟，聽說你在外界和華僑起了衝突——此事是真是假？」

「華僑？你是指橫濱中華街的那件事？」

「沒錯。方便的話，我希望你透露一下詳情。」

「我是無所謂……但是這事跟『護法神十二天』的公司有關。」

蛟劉冷靜地點了點頭，表示他早已知情。

十六夜很清楚蛟劉和十二天之間的對立與糾紛，這樣的反應可說是完全出乎意料。換成過去的蛟劉，佛門的話題應該是禁忌，提到十二天時更是會不發一語地放出怒氣。

他原本想進一步探問蛟劉的心境有何變化，飛鳥卻搶先開口。

「等……等一下，十六夜！意思是你之前曾和『護法神十二天』一起做事？」

「嗯，不過時間不長。在箱庭內外到處奔波的日子沒有白忙一場，我這樣可也拓展了不少人脈。要不要我去拜託『護法神十二天』裡有空的傢伙來做我們的幫手？」

這句話讓飛鳥和耀都相當驚訝。

所謂的「護法神十二天」是天軍實戰部隊中最出名的共同體。

目前協助「No Name」的上杉女士也是其中一員，很難相信他們會願意把好幾個人才都派往同一個共同體。

飛鳥半是好奇半開玩笑地發問。

「十六夜，你該不會賣了什麼人情給十二天吧？」

「賣人情的對象不能說是十二天，應該算是針對社長大人。但也算不上什麼大事，充其量只是我在外界時曾經協助他們處理過幾次工作，還在社長大人賺零用錢時幫了點忙。」

「聽起來很有趣，所以你丟下『No Name』後去做了那麼好玩的事情？」

耀嘟起嘴巴提出抗議，十六夜則是帶著苦笑聳了聳肩。

「這話我無法反駁，倒是有很多故事可以說給你們聽……例如蛟劉想知道的華僑事件。」

「光說故事還不夠，要請我吃很多東西才能原諒你。」

耀一說完就叫來女性服務生並點了一大堆餐點，準備邊吃邊聽十六夜講故事。

十六夜剛開始有點不太高興，但轉念一想，當作這是一次慰勞的話或許還算便宜。

單手撐著下巴吃起炸魚薯條的他轉頭面對蛟劉，開始翻找腦中的記憶。

「呃……你是想知道跟華僑起了衝突的事吧？這個故事很長，沒問題嗎？」

「沒問題，我今天就是為了這件事來找你。」

是嗎……十六夜點了點頭。

這是他參與「護法神十二天」的戰鬥時經歷的風波。

起因於某件陶瓷作品，後來進而和外界的華僑發生衝突的事件——

Last Embryo

在聚集了許多華僑的橫濱某處。

矗立著一棟以紅色大門為特色的大樓。

和外面大馬路的繁榮熱鬧顯得大相逕庭的最上層房間裡，一名男子滿心懷疑地開口發問。

「……『護法神十二天』？這是什麼亂取名字的公司？」

「聽說是一間從事傭兵業的自由特務公司。把總公司移到日本之後似乎只承接了一些不太重要的瑣碎案件，以前則是橫跨多國，以相當高調的方式賺了不少錢的老練傭兵集團。」

男子脫下毛皮大衣，拿起報告書閱讀所謂「護法神十二天」的經歷。

原本面無表情的他在看完之後換上和先前完全不同的反應，還仰起頭露出愉快的笑容。

「哈哈……不覺得這可真是相當放肆的代號嗎？社長叫做御門釋天？顯然是用『御門（Mikado）』借指同音的『帝（Mikado）』吧？」

「是的。」

「所以這公司的社長想要主張自己就是『帝釋天』？可是講到帝釋天，在這國家不是被視為天帝嗎？」

帝釋天——在印歐語系族群裡廣受民眾信仰的古老神明。

相較之下，中華神話裡的天帝則意指「天意的選拔者」，會選出統率時代的人物。而因陀羅、宙斯、唯一神以及天帝這些最高位的神靈都身為支配「天部」的領袖，據說有時候會被視為同一存在。

因此「帝釋天」對於隸屬於華人黑幫的這些人來說，絕對不是毫無關係的神明。

就像日本極道黑社會的信仰與神道相通，對宗教的信仰心也在華人幫派成員的內心深處扎根。

況且這些人自詡為繼承漢民族正統的組織，出現自稱天帝的傢伙當然會讓他們感到相當不快。

檯面上的一般行業還勉強可以另當別論，同樣是道上人物只會令人更加無法忍受。

「如果這些傢伙是在咱們的地盤胡作非為，我會立刻好好教訓他們。但是根據報告書，他們是在東京邊緣低調過活的小集團吧？你說這種微不足道的組織在調查我們？」

「是的。不過老大，這些傢伙的組織規模雖然不大，戰鬥能力卻非比尋常──您聽說過為了爭奪中南美洲的都市開發權益而發生的抗爭嗎？」

聽到這個突如其來的提問，被稱呼為老大的男子顯得不怎麼高興。

「啊？我當然知道。那是指華僑、印僑、猶太移民和亞美尼亞僑民這四大移民集團偶然發生了衝突，後來卻在戰後持續了三十年，可說是在民間抗爭中規模最大狀況也最慘的事件吧？」

不知道才奇怪……老大很不以為然地揮了揮手。

看這種態度，此事和他恐怕也不是毫無關係。

「而且據說在猶太人和亞美尼亞人都收手之後，華僑與印僑的抗爭陷入膠著，後續的影響甚至造成了許多死傷。」

「沒錯，促使這場史上最悽慘的民間抗爭得以解決的關鍵……就是這個名為『護法神十二天』的集團。」

啥？老大發出變了調的聲音。

所謂的華僑和印僑，是指華人移民和印度移民。

他們在大戰後前往荒廢的世界各地，參與都市開發與復興事業，成為在檯面上下的社會都擁有極大力量的移民族群。

……這樣的兩個民族正面衝突的大規模抗爭。

居然靠著一個躲在東京角落低調度日的公司來解決？

「……真的假的？」

「是真的，聽說掌管華僑與印僑雙方的統帥一致如此表示……

——不要對十二天出手。

那些貴人們是**真貨**。」

身為老大親信的部下剛講完這句話。

事務所的一樓大門就在爆炸聲中遭人踹開。

＊

——倒回大約三天的時間。

從柴又帝釋天往西北走一段路後會來到江戶川邊，可以看到河濱有個男子。

江戶川位於東京都和千葉縣的交界處，還有渡船可以往來兩岸，造訪柴又帝釋天的觀光客讓此地很是熱鬧。

親子出遊的觀光客彼此手牽著手往前走，享受天倫之樂。

「……唉。」

河濱的那名男子坐在長椅上，遠眺著這幅景象。

他看起來年約三十出頭。

要說外表給人的第一印象，應該算是比較正面。

一個正當盛年的男性平白無端地單獨坐在公園長椅上，難免會被他人視為可疑人物。

不過因為這名男性的服裝儀容都相當乾淨整齊，像這樣平日坐在長椅上的行為似乎不太可能真的毫無原因。

想必是基於什麼重大的理由。

或許他只是在這裡等人。

肯定是那樣沒錯。

更何況只有到達無我境地的存在才能擁有如此空靈的眼神。

以虛無視線凝視遠方白雲的男子——御門釋天臉上掛著達觀的笑容，開口喃喃說了一句話。

「……好窮。」

結果，這傢伙果然是個沒用的大叔。

沒有任何委屈內情，就是個廢物大叔。

充其量只是一個還知道要注重外表，其他地方完完全全沒有半點用處的大叔。

這個徹底沒用的大叔尷尬地翹起另一隻腳，打開行動電話確認郵件。

「工作日程表是一片空白，錢包是空無一物，連香菸也只剩下最後一根。雖說誰能無過，只有神有資格原諒人類的罪業……但是以我的狀況，要向哪個神明懺悔才能獲得寬恕呢？」

他拿出最後一根香菸，不捨地點火引燃。

男子的腳邊有好幾張被撕破的馬券。看樣子他拿最後的財產去賭了一把賽馬，卻精彩地全都沒中。

居然因為這種事情而失去原本就所剩無幾的金錢，可見這傢伙的私生活非常隨便。

釋天抽著菸，裝出似乎在煩惱如何賺錢的態度——這時，他的手機突然響起音量超大的般若心經。

被公開播放的般若心經嚇了一跳的釋天趕忙接起電話。

於是手機另一端傳來年輕男性——逆廻十六夜的聲音。

「喲，社長大人。我也透過電視看了這次賽馬的結果，你好像輸得很慘，趕得上還款的期限嗎？」

「……十六夜，你這是明知故問吧？」

釋天很不甘心地咬牙回答。

目前，逆廻十六夜也加入了御門釋天經營的自由特務派遣公司。這是他為了讓自己在找出方法回到箱庭之前能有個工作餬口，因此拜託釋天幫忙。

然而這個自由特務公司只不過是表面上的假象。

公司主要成員由御門釋天——神王「帝釋天」率領的最強武神群「護法神十二天」所組成。他們隱瞞自己的真實身分成立處理緊急狀況的傭兵集團，原本的計畫是在世界各地活動並同時對應各國的情勢與今後的問題。

……三年前把根據地移來日本後卻走了下坡。

畢竟基本上都很和平的日本當然不需要什麼傭兵集團，公司很快陷入經營困難的狀況。

原本手拿大鈔過著安逸生活的御門釋天來到日本之後，現今被迫過著連抽一根菸都捨不得的生活。

「可惡……！要是那時三號賽馬跑贏了，不管是辦公室租金還是酒店欠款都可以還清，剩下只要去跟頗哩提下跪求情拜託她再等我一陣子就好了……！」

「你也跟太多地方借錢了吧，真是廢物，有夠軟爛。」

十六夜笑了出來，似乎真的很受不了釋天。

「所以說你下注時應該要聽從我的建議才對。我、上杉、頗哩提還有迦爾納不都意見一致嗎？大家都認為三號就算賽馬本身不錯但騎師卻太年輕了。甚至其他三人還說平常一盤散沙的公司出現了前所未有的團結氣氛。」

釋天抱怨了一陣像是快要吐血，十六夜卻毫不留情地把他嘲笑了一番。他不確定釋天到底欠了多少錢，不過肯定是債臺高築。

「算了，我也猜到有可能會演變成這種事態……順便問一下，社長的日程表和錢包是什麼狀況？」

「當然是兩邊都一整個空空蕩蕩。如果日程表上面寫了東西，我怎麼可能會去賭什麼博。」

「換句話說，你有意認真工作還錢？」

聽到這似乎別有含意的發言，釋天抬起一邊眉毛。

「……什麼啊，我還以為你只是想打來挖苦我，結果是要討論工作？」

「沒錯。雖然是簡單的尋人委託，但是內情好像有點複雜。收入大概不高，只是你現在沒辦法挑三揀四了吧？」

「是是是，在唐的餐廳會合可以嗎？」

「嗯，時間是下午五點。委託人的名字……應該是叫做天堂正美吧？」

聽到十六夜說出的委託人姓名，釋天露出感到意外的表情。

「天堂正美？……對方該不會是個國中生？」

「哦？你怎麼知道？對方跟你認識？」

「不，彼此不認識，只是我單方面知道這個人……是嗎，那個小女孩已經可以來找我委託了啊，時間過得真快。」

釋天似乎很感慨地摸著下巴。十六夜對這種反應感到不解，卻也沒有好奇到繼續追問下去。

沒把這事放在心上的他看了一下手錶確認時間。

「既然你知道對方，事情也比較好辦。就算不是出手闊綽的客人，你也沒有立場繼續挑剔了。」

「我明白。反正窮人最忙，天下也沒有白吃的午餐。」

釋天不太情願地站了起來，抬頭看向天上的浮雲。

在達成十二天原本的職責之前，恐怕還要過著這樣的日子。

光是想像到那種未來，釋天就忍不住乾笑幾聲。

帶著乾笑仰望天空的他發現雲層迅速往東流動，看來有暴風雨正在靠近，大概不消多久就會變化成帶著雷電的雨雲。

釋天往前踏了一步，想趁著還沒下雨前趕快離開。這時，後方響起一個語氣沉穩的女性說話聲。

「釋天大人，我來接您了。」

「哦，是御松嗎？抱歉讓妳跑一趟。」

「不，請不必放在心上。柴又對我來說如同自家後院，接送這種小事不成問題。」

身穿日式長袖圍裙面帶高雅笑容的人物——被喚作「御松」的女性離開小型貨車，為釋天打開車門。

釋天坐上副駕駛座，一邊拉著安全帶一邊對她發問。

「話說起來，御松，妳知道天堂正美這個人嗎？」

「天堂正美？……噢，是那個留著清湯掛麵的髮型，經常來柴又帝釋天參拜的少女？」

「對，她似乎被捲入某個事件，妳那邊有沒有什麼情報？」

畢竟此地名為柴又帝釋天，帝釋天是寺中供奉的主祀神。

信眾熱心前來參拜，內心的敬畏也會傳達給釋天。

天堂正美一家從以前就住在柴又，經常全家大小一起參加寺廟舉辦的活動。從小就來參拜的少女現在卻成了向自己求助的委託人。也難怪釋天會覺得有些不可思議。

御松綁好安全帶踏下油門，略為思考了一下。

「我不清楚是不是發生了什麼事件……但是她父親的公司似乎不是很順利。您知道那一帶有很多比較傳統的中小型工廠吧？聽說最近受到不景氣的影響，大家都陷入相當嚴苛的處境。」

「原來如此。我發現她這陣子比以前更常前來參拜，原來是有這些背景。」

父親經營的公司遭遇困難，她肯定過著不安的日子。釋天點了點頭像是已經掌握狀況，和御松一起前往唐．布魯諾的餐廳。

＊

他一打開餐廳大門，身為店長的唐．布魯諾立刻露出非常厭惡的表情。

「……今天也太倒楣，你們這些搗蛋鬼都跑來這裡是想做什麼？要胡作非為的話給我滾到外面去做。」

「好了好了，別說那種話，現在不是平日的冷門時段嗎？」

釋天笑著揮了揮手，隨便應付了一下店長。到了午餐和晚餐時間，唐的餐廳就會迅速湧入大量客人。

所以要是討論太久，一行人就必須移動到其他地方。

釋天看了店內一圈，這時坐在店內後方座位的十六夜舉起一隻手對他搭話。

「喲，社長，你來得真早。」

「畢竟我沒錢也沒香菸，根本沒什麼方法可以殺時間。」

「說得對……嗯？這位沒見過的美女是誰？」

十六夜不解地發問。

御松帶著微笑報上自己名號。

「初次見面，逆廻十六夜先生。我是住在柴又帝釋天的御松，雖然沒去過箱庭，但以前就聽說過關於您的傳言。」

身穿日式長袖圍裙的美女御松以端正有禮的動作彎腰致意，一頭柔亮的黑髮也跟著往下垂落。這種時代錯誤卻流暢高潔的舉止展現出她身為女性的品格。

然而十六夜的驚訝表情並不是針對御松的外貌，而是起因於她的來歷。

「住在柴又帝釋天的御松？……我說妳該不會是**龍**吧？」

「哎呀，十六夜先生相當博學多聞呢。正如您所說，我是基於四百年的壽命與神格而成為瑞龍的松之樹龍。因此使用『御松』作為暫定的名字。」

柴又帝釋天的的瑞龍松。

在這種情況下的龍，應該是一種敬奉神靈的瑞獸。

據說瑞龍松是在四百六十年前寺廟創建之初就已經存在的大樹，也是歷史悠久的松之精靈。

既然她現在穿著日式長袖圍裙跟在釋天後面，想必是為了成為主神釋天的隨從才會顯現於世。

「話雖如此，我並沒有什麼大不了的力量。聽聞箱庭有一位歷經千山千海的修行並成為仙龍的魔王，我完全無法到達那種領域。所以請把我當成能夠處理雜事也還算貼心的松樹就好。」

「原來如此，沒想到世上居然有這麼方便的松樹。算了，美女變多總是一件好事。再說這次的委託人好像是個國中小女生，有女性在場應該能讓對方比較放心。」

「希望真是如此。」

釋天坐下的同時，餐廳的店門也被推開。

兩名身穿寶永大學附屬學園國中部制服的少女——居中介紹的久藤彩鳥與提出委託的天堂正美都走了進來。

「好了，正美學妹，如果妳一直畏畏縮縮，事情就不會有任何進展。」

「可……可是學姊，對方真的是能夠信賴的偵探嗎？」

「對方不是偵探而是接受派遣的自由特務，也可以說是一種保全服務。而且還是我家公司也會委任案件的正派公司，妳可以相信他們。」

彩鳥甩著金髮露出笑容，正美卻顯得更加不安。

畢竟一般國中生根本不會和這類人物扯上關係，這是理所當然的反應。

「店長，釋天先生來了嗎？」

「他來了，正在裡面的座位不知道打什麼歪主意。」

彩鳥看向店長指出的方向。

發現十六夜等人後，身穿制服的彩鳥換上心情似乎很複雜的笑容。

「……十六夜先生也要同席？」

「喂喂，妳這話未免過分。幫忙找到社長的人是我吧？」

「很感謝你幫了這個忙，因為我的電話遭到拒接。」

御門釋天社長抖了一下，直接把視線轉開。

看樣子他欠債的對象也包括彩鳥。彩鳥身為Everything Company的千金，想必獲得了不少零用錢。

……話雖如此，一個成年人去跟國中女生借錢的行為到底算什麼呢？

「哎呀，工作真的很有意義呢，社長大人！」

「這話真是去他的有道理，丟臉到讓人想哭啊——那麼，這位小姑娘就是委託人嗎？」

「是的。這位是天堂學妹，她也是我在學生會的後輩。」

「……是……是的！」

留著清湯掛麵頭的少女躲在彩鳥身後，看起來頗為內向。雖然前來提出委託，不過她大概並不清楚負責承接案件的對手會是什麼樣的人物。

或許是眼前凶神惡煞般的兩名男性讓少女心生退縮，看著釋天等人的眼神也充滿懼意。

「……喂，都是社長你把人家嚇壞了。」

「是我的錯嗎？」

兩人都翹起二郎腿，沒好氣地瞪著對方。為了讓天堂正美冷靜下來，只好由臉上掛著苦笑的御松出面跟她搭話。

「不好意思嚇到妳了，這位可愛的小姐。我們是自由特務公司『護法神十二天』的員工。」

「啊……是，我知道這件事，可是在日本沒聽說過這樣的公司……」

「嘻嘻，因為在日本能接到的工作大部分都是和偵探比較有關的瑣碎案件。事實上我們以前也曾擔任『Everything Company』重要人物的保鏢，或是代為前往海外進行調查喔。」

「不過那個部門目前已經快要成為本公司的專屬人員了。既然電話會遭到拒接，我很認真地考慮是不是乾脆把整間公司都買下來反而比較省事。」

彩鳥笑著講出規模驚人的玩笑話。以「Everything Company」的實力來說，買下一間公司想必不是難事。

滿頭冷汗的釋天再度把頭轉開，天堂正美則是驚訝到連嘴巴都合不起來。

「啊……對……對不起！我不是懷疑彩鳥學姊，只是生活水準實在相差太大，所以我跟不上話題……！」

天堂正美驚慌地揮著雙手解釋。雖說彩鳥只是補充說明並沒有動怒，但內向的少女可能誤以為她的發言是一種斥責。

御松優雅地輕笑幾聲，然後豎起食指。

「請不必那麼慌張，正美小姐。就算看起來是這副樣子，本公司的社長其實很優秀。例如這次的委託……是不是要我們幫忙尋找經營中小型工廠的令尊呢？」

被御松說中的天堂正美滿心詫異地跳了起來。

「是……是的！我想拜託各位幫忙尋找從兩天前就沒回來的家父……可是你們為什麼知道這件事？」

「因為憑社長的實力，要收集這樣的情報是輕而易舉之事——所以怎麼樣呢？您要不要先試著跟我們聊一下？」

御松手段精彩地緩和了氣氛。

看到她溫和的態度和笑容，天堂正美的情緒應該也平復了下來。果然有女性在場會對事態有所幫助。

身為委託人的天堂正美在十六夜與釋天的正面坐下，開始敘述詳情。

*

「其實……家父的公司借了很多錢，原本正在進行破產手續。」

「受到經濟不景氣的影響嗎？」

「沒想到在我離開的期間，日本也變得如此難以生存。換句話說，妳父親是因為走投無路才會獨自離家失蹤？」

如果委託的內容是尋人，這次並不是什麼棘手的工作。

即使釋天自己處理，要找到對方也不是難事。

然而天堂正美卻搖了搖頭。

「不，實際上正好相反。因為一個突發狀況，我們才剛找到償還借款的辦法。」

嗯？十六夜和釋天的頭上都冒出問號。

突然找到償還借款的辦法……如此可疑的事態不可能沒有內幕。

釋天想必很能體會這個道理。

兩人發現風向沒那麼單純，以認真表情繼續聆聽。

「這是大約一星期前的事情。住在九州的遠親因為交通事故過世，委託我家負責整理遺產。那位親戚的家境似乎還算寬裕，整理遺產之後，就算無法償清所有借款，也完全足以因應我們賣掉工廠並找到新工作之前所需的準備費用。」

「也就是獲得了一線希望嗎？」

「這樣的話，看不出來令尊有什麼理由離家。親戚的遺產就算沒辦法還清債務，至少也能夠讓你們的人生重新再出發吧？」

「是……是的，可是後來有人找我們接洽，說願意出高價收購親戚的一部分遺物……請看這些東西。」

天堂正美拿出的物品是三件會讓人聯想到古老時代的瓷器。

其中兩個是華麗的花瓶，另一個是將近沒有任何花紋的青瓷香爐。

花瓶上畫了著擁有三爪的龍，一眼就可看出裝飾非常精巧細緻，顯然是貴重的寶物。

青瓷香爐卻正好相反，幾乎沒有任何其他色彩，完全不像是高價的物品。

如果要特意找出香爐的價值，大概只能說很少見的青瓷算是特色。

「這是龍紋花瓶和青瓷香爐……對方說願意出三千萬日幣來購買這三樣東西。」

「哦……三千萬嗎……」

釋天的視線有點亂飄，他可能是聯想到有三千萬就能還錢吧。御松彎腰觀察眼前的瓷器，不解地歪了歪腦袋。

「三千萬日幣……？這些只是看起來很有年代的東西竟然那麼貴？」

御松大概無法理解只不過是生活用品之一的瓷器為什麼如此值錢，連身為當事者的天堂正美也抱著懷疑。

「呃，根據對方的說明……這些瓷器是中國北宋時代的作品，所以物以稀為貴。」

天堂正美說完這句話，彩鳥也幫忙佐證。

「我同樣聽父親說過北宋時代的瓷器很珍貴又高價，例如他最近收藏的茶具據說要價等同於購買三輛新車的金額。」

「哎呀！原來會長大人對這方面也有涉獵。」

「不過他只是鑑賞家而不是鑑定家——天堂學妹的父親說要去見那些買家之後，從昨天起就一直聯絡不上。」

既然說是北宋時代，代表這些物品是距今千年以上的古董。

北宋是中國瓷器的鼎盛時代，那時的瓷器數量非常稀少，大部分作品也相當搶手，據說甚至還有些作品被喊出了天價。

既然天堂她父親去見了瓷器買家後失去音信，那麼除了失蹤的現狀，還必須考慮背後是否另有事端。

萬一今天還是聯絡不上，她應該會去報警。

聽完這些說明的十六夜和釋天都把視線轉向瓷器，接著同時變了臉色。

「……社長，事情不妙。這玩意兒看來是……」

「我知道，我以前在宮中看過完全一樣的東西……傷腦筋，我沒有分辨真貨和贗品的能力。」

……宮中？天堂正美困惑地側著腦袋。

兩人正一臉凝重地討論，再也無法忍受他們一直不點餐的店長火冒三丈地走了過來。

「我說你們也別太誇張。這裡不是公園，要聊天可以，至少該點杯咖啡當作場地費才算上道吧？」

「啊，抱歉，我一時忘了。」

「不過你來得正好，可以幫忙看一下這些玩意兒嗎？有人說這是北宋時代的作品，想用三千萬日幣收購。」

啥？唐．布魯諾不快地回應。

只是來問客人要點什麼的自己為何要為了這兩個賒帳不還的混帳傢伙幫忙鑑定古董——把這句話吞回肚子裡的唐．布魯諾抓了抓混著白髮的腦袋，然後才伸手拿起桌上的瓷器。

他先觀察龍紋花瓶，敲了兩下進行確認之後立刻面露苦笑。

「……哼，說這是北宋時代的瓷器？明明怎麼看都是清朝以後的作品。」

「果然如此，年分大約是三百年前後吧？」

「嗯，儘管保存狀態還算不錯，歷史價值依然不高。而且上面的龍紋只有三爪，可見這玩意兒大概是下級官員的東西，兩個加起來差不多十萬日幣。」

「是……是那樣嗎？」

天堂正美連連眨眼。

龍紋反映了中華的五行思想，龍爪的數目則用來象徵所有者的身分。

五爪龍紋是皇帝專用，四爪則是給重臣和鄰國的物品。

「所以這兩個花瓶基本上不可能出於北宋時代，在持有物品上使用龍紋裝飾並以龍爪象徵身分的文化主要是盛行於清朝。如果這是繪有五爪龍紋的皇帝用品，三千萬日幣恐怕還不夠，但是這兩個花瓶沒有那種價值。」

「可……可是既然那樣，為什麼對方會說願意出三千萬來收購這些東西呢？」

「當然是因為真正的目標是這個香爐。」

唐．布魯諾拿出手套和鑑定用的放大鏡，再度開始鑑定。

他換上和先前完全不同的認真表情，逐一確認香爐的顏色、細微開片，還有用在釉藥上的瑪瑙。

唐花了大約十分鐘，不發一語地移動放大鏡，仔細觀察內外的色調。

看到他這種行動，天堂正美滿臉不解地向釋天提問。

「那個……請問這間餐廳的老闆是把鑑定古董當成興趣嗎？」

「也不能說是興趣，聽說以前鑑定才是他的正職。」

「這傢伙原本在歐洲是各家爭相聘僱的有名拍賣官，後來和黑手黨家族的女性交往導致引火燒身，最後一起逃來這個東方的盡頭之地。」

「哇……真是現代的羅曼史！」

天堂正美表現出有些沒抓到重點的反應。

雖然看不出來這個小姑娘到底有沒有聽懂，不過她肯定為此事深受感動。總算不再緊張的少女第一次露出笑容，十六夜也換上促狹的表情。

「說是羅曼史好像也沒錯？只要換個講法把這件事形容成『為了愛不惜與黑手黨為敵並浪跡天涯』，聽起來確實挺浪漫的。」

「而且對象還是比自己小三十歲的年輕女孩，這下更浪漫了。我也很想試試跟年輕正妹玩火一場然後必須四處逃亡的日子是什麼感覺。」

「吵死了你們這兩個臭小鬼！給我安靜一點！」

被挖苦一番的唐很不高興地對兩人怒吼。

平常的唐．布魯諾是個嚴格的餐廳老闆，日本很少人知道他原本是拍賣官兼鑑定師。

既然他這次鑑定時如此認真嚴肅，代表這個物品想必不太平凡。

鑑定結束後，唐收好愛用的放大鏡，重重吐了一口氣並順手點起香菸。

「……真是讓人難以置信，你們這兩個臭小子居然給我弄來如此要命的事情。對方真的說要用三千萬收購這個青瓷香爐嗎？」

「對，這東西確實是北宋時代的作品？」

「雖然是北宋時代的作品沒錯，但是在我透露詳情之前，你們最好先躲起來避人耳目，那邊的小姑娘也是一樣。」

唐．布魯諾以凌厲的眼神提出警告。十六夜與釋天馬上確認店外沒有人躲著監視，才把視線移回唐身上。

「目前外面沒有問題。」

「根據情勢的演變，或許我們必須立刻採取行動，所以我希望你現在直接說明。畢竟連身為粗人的我也只消一眼就能看出價值不凡，這件瓷器果然是稀有的寶物？」

在兩人的強烈要求下，唐一臉勉強地搔著後腦。

然而他或許已經推論出目前的狀況。

最後認命般地把手放到香爐上，邊嘆氣邊說出鑑定的結果。

「唉……這玩意兒可不只是稀有而已。根據這個宛如雨後晴空的天青色，還有光線漫射後展現出溫潤光輝的表面……我絕對不可能誤認，這個香爐毫無疑問是傳說中的『汝窯青瓷』。」

原本靜靜旁聽的飛鳥驚訝到幾乎跳了起來。

「汝……汝窯青瓷？就是……**那個**被評為天下名瓷之首的汝窯青瓷嗎？」

「沒錯，製造時期是北宋時代後期。把瑪瑙磨成粉混入釉藥而成的獨特色彩，在瓷器釉色中被視為最高等級的『天青色』。這種顏色被形容為『雨過天青雲破處』，是北宋的皇帝為了表現雨後放晴的藍天而命工匠製作出來的東西。這種釉色被視為以現代技術也無法重現的失傳技藝之一，作品總數在世界上大約只剩下九十件，因此競投人只須一眼就能看出真偽。況且這東西的保存狀態如此完美，若是在我的老巢那一帶，根本不會有哪個笨蛋蠢到看走眼。」

所謂的汝窯青瓷，被認為是無法複製也無法重現的陶瓷界世界頂峰之作。

雖然名為天青色，這種色彩卻不特別燦爛奪目。

縱使在各種美術品中可能會遭到埋沒，還是展現出嫻靜雅緻的姿態。不會綻放出寶石般的光彩，而是散發出如玉般溫潤祥和的高貴氣質。

深受皇帝喜愛的這種青色至今仍保有唯一性，也是只有在失落的時代和失落的技術中才得以存在的傳奇瓷器。唐斷定這個香爐就是那樣的汝窯青瓷。

「而且你們看，這個香爐的內側刻著詩詞。會在汝窯青瓷上題詩留詞的皇帝只有清朝最偉大的皇帝『乾隆帝』，換句話說，這玩意兒是佚失的乾隆珍藏品之一。」

「真……真的假的……！如果是皇帝的收藏，肯定不只要價三千萬。」

「唐，如果你是拍賣官，這個香爐你會估價多少錢？能夠超過三千萬嗎？」

聽到釋天的問題，唐摸了摸下巴的鬍鬚，瞪著眼前的香爐開始評估。

「這個嘛……既然是將近無紋的天青色汝窯青瓷……估得再怎麼保守也要四十億日幣吧？」

「——四……！」

釋天跟天堂正美正想驚呼，唐卻舉起一隻手制止他們。

「噢，等一下，四十億是針對瓷器**本身**的價值。如果再加上乾隆帝的題詩與歷史上的價值，金額可以喊得更高。不管結果是沒能衝破五十億還是甚至又暴漲好幾倍，其實都沒什麼好奇怪的。」

釋天頭暈目眩地仰頭望天。

把香爐帶來的天堂正美也半開著嘴整個人傻住。

她恐怕連作夢也不曾想到，原先以為只要能償還借款就算賺到的東西竟然如此值錢。

只要有五十億日幣，別說還債，就算今後要吃喝玩樂一輩子也還有剩。

十六夜和彩鳥沒有理會他們兩人，已經推論出這次騷動的全貌。

「這下我想通了……簡而言之，小姑娘的父親應該是透過某些情報得知汝窯青瓷的價值。」

「嗯，所以他去找對方商談合理的正當買賣，卻遭到對方扣押。」

「畢竟要是站在買家的立場，會擔心以小錢換到五十億瓷器的機會有可能泡湯……可惡，狀況比原先預估的更糟。」

「我剛剛不就那樣說過了嗎？五十億是足以讓人謀財害命的金額。」

唐的發言讓天堂正美完全說不出話。

「怎……怎麼會……！我……我們並不想要那麼多錢！只要能還清借款保住工廠就好

了！」

「但是買家並不那樣認為……我想妳的父親也是。」

「不……沒那種事……！」

「既然妳的父親沒有接受對方開出的三千萬，代表他或許還有其他負債。針對那種賣掉工廠還會被債務壓得抬不起頭的人，我們必須把其他可能性也列入考慮。」

聽到十六夜的冷靜回答，天堂正美一臉蒼白。

對於還只是個國中生的少女來說，這些指責相當嚴酷。

不管她的父親有什麼苦衷，肯定有什麼事情瞞著自己女兒。

說不定正如十六夜所說，天堂正美的父親另外向哪裡借了更多的錢。

但是……身為人子的天堂正美選擇相信父親，以透著稚氣的雙眼回瞪十六夜。

眼中含淚的她拚命思索理由，咬著嘴唇低聲說道：

「家父他……是一個性格非常認真的人。」

「……？」

「當區裡舉行廟會時，他會和鄰居一起慶祝……其他人有事找他商量時，他會和對方一起煩惱……個性老派又耿直，總是沒辦法拒絕他人的請託。聽說公司的負債會越欠越多，是家父為了盡可能支付薪水給員工才迫不得已採取的手段。」

看在他人眼裡，或許會覺得那是本末倒置的愚蠢行為。

為了讓所有員工能領到薪水，反而導致負債增加拖垮公司，這種做法根本沒有意義。

然而天堂家的小工廠裡有很多年近退休的員工，大部分都處於一旦失業就很難重建生活的狀況。對於守舊的天堂她父親來說，這些員工都是共同奮鬥的同伴，要捨棄他們並非易事。

「我打心裡明白……家父是個很笨拙的人，唯一的優點就是誠實。所以為了讓這樣的父親能獲得一些好報，我一直前往柴又的寺院參拜。當然我們自己也很清楚現在這些事都是自作自受，可是我還是希望……至少要請神明認同父親這種笨拙的誠實。」

「——……」

「沒想到後來卻演變成這種事態……！家父他……絕對不是應該像這樣遭到別人欺騙……甚至可能會被殺害的人……！」

不安化為淚水，沿著天堂正美的臉頰滑落。

大概是連續聽了許多可怕的推論，情緒已經到達極限。

既然她被選為寶永大學附中學生會的成員，想必是個優秀的學生。但是如果無法順利還錢，恐怕將來只能休學。天堂正美之所以多次前往柴又帝釋天參拜，或許也是為了安撫心中的不安。

因為她認為，要是真的有誰願意幫助只有誠實這優點的笨拙父親……

一定就是自己從小最熟悉的故鄉之神——帝釋天。

「……唉，真是沒辦法。看她這麼拚命地祈求，要是還不肯稍微保佑一下，實在丟了身為主祀神的面子。」

「咦？」

「因為熱心前來參拜的信眾減少，您已經好久沒有處理本職了。」

御松優雅地掩著嘴輕笑，釋天卻一臉苦悶。

他搔著後腦站了起來，正式回應天堂正美。

「我願意接下妳的委託，不過費用相當高。成功後收取報酬五百萬，幫忙介紹可信賴的拍賣官要再加一百萬，合計六百萬日幣。」

「咦……可……可是那麼多錢，我們家實在……！」

「如果能讓妳父親回來，還能把瓷器順利送到拍賣會上，這算是不過分的費用吧？不然在參加拍賣之前，只要讓彩鳥先暫時代墊就好。」

「怎……怎麼能麻煩學姊做那種事！」

「我這邊沒問題。」

「咦！真的可以嗎？」

「嗯。但是有個大前提，那就是釋天先生必須完美解決這次的委託。必要經費請從這裡支出。」

彩鳥拿出一張黑卡丟給釋天。

釋天收下卡片，站直身子咧嘴一笑。

「交涉成立。不過已經過了將近整整兩天，必須趕快行動才行。」

「社長大人有什麼頭緒嗎？」

「算是有，那些買家該不會操著中國大陸特有的口音吧？」

「啊……是的，我記得他們還要求使用港幣付款。」

哦……十六夜的眼中閃出光芒。

「既然對方特別要求使用港幣，代表幕後黑手不是日本本地的華僑。買家只負責擔任和外界的橋梁，背地裡另有其他組織……感覺是相當棘手的敵人。」

「不，這次有背後勢力反而好辦，事前的溝通就交給羅剎天吧。」

「咦？您是說鐵扇公主大人嗎？」

「嗯，那傢伙和華僑的統帥也有交情。畢竟我直接行動的話會導致事態變得更加複雜。」

釋天沒有理會驚訝的御松，拿出自己的手機。

「既然沒有報案，買家想必也不會輕易退讓。我想對方極有可能會主動提出進行交涉的要求，天堂正美最好帶著家人去我們公司避難。」

「啊……是！我立刻聯絡他們！」

「好，十六夜，通知目前有空檔的所有人，這是緊急事態。」

「了解，看樣子這次的工作要大鬧一場了。」

十六夜爽快笑了。

釋天穿好外套，帶著十六夜和御松快步離去。

等到天堂正美心驚膽跳地目送一行人走遠之後，彩鳥溫柔地摟住她。

「別擔心，雖然那個人的私生活荒唐到讓人無法替他講話，在工作方面卻絕不馬虎。他一定會救出妳的父親。」

「是……」

天堂正美用力握住掛在手機上的護身符。

看起來那似乎是在柴又帝釋天購買的御守。

彩鳥突然產生很想惡作劇的衝動。

「話說回來，正美學妹……妳知道帝釋天是什麼樣的神明嗎？」

「不……其實我不清楚。之前只聽說過祂是非常了不起的戰神，還有家父也提過帝釋天是一位非常率性妄為的神明。」

「嘻嘻，確實是那樣沒錯。帝釋天一方面喜歡拈花惹草又行為不檢，另一方面卻很注重情誼又容易感動落淚。就算世界如此廣大，如此具備人情味的神大概也只有帝釋天一個吧。」

即使是對神話傳說並不熟悉的人，應該也多少聽說過帝釋天是一個不按牌理出牌的神。

例如他曾經調戲過僧侶的妻子。

例如他曾經妨礙過兒子的決鬥。

例如他曾經為兔子的犧牲而涕泗滂沱。

「聽……聽起來真的是一位很像人類的神明。」

「我也有同感。不過，有一件事我可以百分之一百肯定。」

什麼事呢？天堂正美不解地歪了歪腦袋。

彩鳥面露微笑豎起食指，以帶有親近感的語氣如此說道：

「帝釋天這位神明……真的打從心底喜歡人類。」

「──……」

「他是從很久很久以前就陪伴在人類身旁，和人類一起持續成長的神明。據說現在的帝釋天也化為守護人類與秩序的護法善神並融入人類社會，不為人知地保護我們的生活。」

諸神之王，天帝，英雄神。

帝釋天在印歐語系族群和中國大陸都廣泛受到信仰，甚至傳頌著他拯救了世界的故事。

在與人類友好的神靈當中，擁有諸多別稱的帝釋天想必被視為其中最偉大的一人。

「原……原來帝釋天是那麼了不起的神明。」

「是的，儘管私生活方面確實很不檢點……可是正美學妹，妳拚命向祂祈求的那位神明大人，說不定是真的會幫助妳的偉大神明喔。」

＊

——於是，三天過去了。

某棟和中華街相隔一段距離的大樓正陷入充滿怒吼慘叫的狀況。

「老大！我們突然受到襲擊，一樓正面被突破了！」

聽到這通知形勢緊急的報告，老大的親信對著內線大吼。

「人數呢！對方來了幾個人？」

「監視攝影機都遭到破壞，無法得知正確的人數！但是已經確認的人數並不多！頂多是三個人左右！」

親信驚訝到眼鏡都差點歪掉。

「你……你說三個人？你們這些蠢貨！居然被這點人數給闖了進來！」

「非……非常抱歉！」

「等一下等一下，你們何必那麼慌張。對方人數不多吧？有沒有使用電梯？」

聽到老大的冷靜提問後，部下也稍微鎮定下來。

「不……那些傢伙似乎走了樓梯。」

「我想也是，對方肯定不是會讓自身行動受限的外行人。這樣一來，那些傢伙很可能會在某一層樓分頭行動後再繼續往上。如果他們有事找我，當然必須想辦法來到二十樓。是這樣沒錯吧？」

「是……是的。」

「那麼在十樓之前先隨便他們亂闖，再把防火閘門全部關上，發動上下夾攻。到時對方就成了甕中鱉。」

「……！知道了！我們立刻進行！」

老大露出凶猛的笑容，完全恢復冷靜的部下們也迅速開始行動。

他看了親信一眼，指示他跟其他人一樣往下移動。

「這裡有我在就好，你去負責指揮下面的部下。」

「是！那些闖入者要怎麼處置？」

「這還用問，當然是殺了以後分屍丟到海裡當魚餌。」

反正橫濱的大海會接納一切……老大邊說笑邊揮了揮手。這種程度的襲擊根本沒有必要驚慌失措。

萬一老大也因為一時動搖而做出錯誤對應，混亂恐怕已經更加擴大。

親信也因為老大如此從容而鬆了口氣，按照命令前往樓下。

老大在只剩下自己一個人的辦公室裡點起一根菸。

深吸一口煙再慢慢吐出後，他把身體靠到窗邊的牆壁上。

「……真是，居然搞了這種拐彎抹角的手段。」

老大嘆了口氣像是真的滿心厭煩，從懷中掏出手槍。

接著他迅速回身，在下一瞬間不斷扣下扳機，像是想把所有子彈都擊發出去。被擊碎的窗戶玻璃從大樓外側往下掉落，讓中華街附近的觀光客發出慘叫。

清空彈匣的老大立刻翻身滾入辦公桌後方，拿起備用的彈匣。

然而這個彈匣卻被從窗戶闖入的男子開槍打飛。

縱身從破掉的窗戶跳入室內的闖入者——御門釋天毫不遲疑地衝向老大，老大則是一腳把辦公桌踢往釋天的方向。

「唔！」

出乎意料的反擊讓釋天吃了一驚。他原本以為對方是人類而手下留情，但是把辦公桌踢飛的怪力並不是人類能擁有的能力。

釋天打碎辦公桌，轉動手腕拿出預先藏在袖子裡的小刀。

他瞄準老大的肩膀射出小刀，卻被對方驚險閃開，最後只射穿了混凝土與鋼筋——顯然這也不是人類做得出的閃避動作。

明白敵人不是人類的釋天以右手取出金剛杵並釋出閃電。

接著他一口氣縮短彼此的距離，舉腳踹向老大的胸口，把他整個人踢飛到大樓外。沒能撐住這一擊的老大飛往隔壁大樓，重重撞上水塔。

「嗚……！」

老大壓著腦袋發出呻吟。

釋天俐落地跳上隔壁大樓的屋頂，滿腹懷疑地提出疑問。

「哎呀……實在萬萬想不到，本想殺個措手不及結果反而遭到突襲。你到底是什麼人？跟華僑的統帥一樣是從箱庭越境而來的存在嗎？」

「……當然不是。我們誕生於外界，也會在那瞬間同時回憶起曾生而為龍的過往。先不論靈魂的出處，若要追究肉體的來歷，毫無疑問是這個世界的居民。」

釋天睜大雙眼，先前表現出的平穩態度也徹底消散。

「……是嗎？但是你卻知道箱庭的存在，這到底怎麼一回事？」

「裝什麼蒜。在舉行太陽主權戰爭的期間，為了測量命運，諸神的箱庭與測量中的單一世界將會極為接近。一旦和箱庭連結，龍種和鬼種自不用說，連源自諸神系譜的存在也會因而覺醒。這不是可以事先預想到的事態嗎？」

沒錯——過去舉行第一次主權戰爭時，從箱庭流往外界的傳說和靈格並不在少數。這些誕生於箱庭的傳說後來對外界造成了影響，例如《西遊記》就是一個有名的例子。

「龍種、鬼種和幻獸種都融入了血統與文明。雖說原本是絕對不可能醒覺的存在，仍舊會有像我們這樣帶著箱庭相關記憶誕生的極稀少案例。」

「也就是說，身為龍之傳人的漢民族有可能醒覺為龍嗎……這下學了一課。畢竟那是天軍尚未成立的時代，沒辦法追根究底查出傳說究竟是歷經什麼過程才佚失流散。」

釋天摸著下巴似乎頗為感嘆，老大卻一臉苦悶地咬了咬牙。他伸手從懷中拿出一把紅柄的短劍。

「得知消息時我還覺得不可能有那種事，沒想到真的是天軍。那麼……你這傢伙就是神王因陀羅嗎！」

天軍——以護法十二天為首的多國籍神群。

既然這個名為御門釋天的男子是天軍的一員，顯見他的真面目只有一個可能的答案。

面帶無畏笑容的釋天點了點頭。

「沒錯，我們的工作就是要監視並防止你們這種跨越世界的存在躲在外界為非作歹……不過，既然擁有在箱庭的記憶，代表你原本也是有名有姓的龍吧？居然用這種手段來詐取豪奪，難道不覺得丟臉？」

釋天瞪著老大。對方非但沒有自省，反而回瞪釋天。

「……哼，可別以為我的目的是為了錢。只消查明來歷，就可以知道那件瓷器原本是皇帝的收藏。所謂的龍，一方面身為超越者，同時也是天子的瑞獸。讓該有的東西回到該在的場所，這是理所當然的使命，也沒有任何理由必須遭受指責！」

老大怒吼一聲，引起宛如龍之咆哮的衝擊波。

「帝釋天，你是率領天軍之人，黃帝也將天帝的權威委任予你。既然如此，你想必理解身為天子的皇帝權威。如果你真的是偉大的神靈，奉勸你安分收手。否則休怪我必須與你為敵……！」

老大不顧受創的身體強行站起，全身上下還冒出龍氣。

根據唐·布魯諾的判斷，那個汝窯青瓷香爐是佚失的乾隆珍藏。看來老大就是意圖收集那些珍藏才會用上此等強硬手段。

而且為了達成目的，他甚至狂妄宣言，就算對手是神王也絕不退縮。

然而一確定對方的理由——釋天就滿心激憤地怒瞪著老大。

「——這個愚蠢的東西，你打著如此忠義大旗卻要犯法違理嗎！」

「……嗚！」

釋天身上迸發的神氣立刻打散了龍氣。次元也因此斷裂，地面相互推擠發出宛如哀號的刺耳聲響。

盛怒下的釋天放出閃電，眼神嚴厲到連修羅神佛都會心生畏懼。

「你剛剛提到皇帝的權威吧？好，就當作你是為了恢復皇帝權威才付諸行動。但是，假使你無視背後因此流下的鮮血與淚水，那麼皇帝的權威和紙糊的老虎也沒有兩樣。不，甚至名為權威的容器將積滿鮮血，化為怨歎並製造出許多災禍——既然你是有名有姓的龍，必定已經多次目睹那樣的光景。」

聽到釋天的發言，狠狠咬牙的老大幾乎把牙齦咬出血來。

剛剛那番話的最後一段帶有像是在諄諄教誨的語氣。

清朝之前的中國大陸歷史並非藉由王族的血統去維繫，而是仰賴皇帝寶座的權威來代代延續。

對於歷經諸多民族爭奪霸業，眼見盛衰榮枯不斷重演的他們來說，最重要的並不是血統的唯一性。

而是力量強大到能夠統合各民族之血的皇帝，也就是帝位本身。

權威正是象徵「天帝」的天意，也代表身為「天子」的皇帝。

「……如果你堅持這場戰鬥還是非打不可，其實倒也無妨。既然你只能以死來證明自身的忠義，我自是能夠奉陪。不過你要是願意就此收手，我也不會再隨便窮追猛打，還可以保證連你的部下也會被平安釋放。」

釋天取出手機，告訴老大整棟大樓已經遭到壓制。這成了決定性的關鍵。老大收起龍氣，滿腹悔恨地看向天空。

「嘖……只能就此抽身嗎……也罷，好歹算是天帝的意思，這次就老實退讓吧。」

畢竟無法違逆天意……老大又補了一句。

釋天豁達地點了點頭，拿起手機聯絡十六夜。

「你那邊怎麼樣，十六夜？」

「找到委託人的父親了，有點虛弱但不要緊。」

「果然牢靠。直接送他離開，這裡的組織成員則全部綁起來丟著不管就好。」

沒問題……手機裡傳出回應。

釋天掛掉電話，滿意地以手扠腰，望向逐漸下沉的夕陽。

「好……總算順利解決。」

＊

而後又過了三天——

釋天滿臉幸福地數著收到的酬勞，順便讓御松報告事情的始末。

「關於天堂正美小姐的父親，聽說他已經平安出院了。」

「是嗎？那很好。」

「至於工廠方面，除了償清借款，似乎還和Everything Company另外簽訂了新的契約。好像原本就只是受到不景氣影響而缺乏新的客源，實際上工廠製造的精密零件的需求量已經開始增加。」

「哦？那真是最好的消息！雖然靠著拍賣一夜致富也不錯，但健全的財產終歸還是要靠著健全的工作！」

釋天社長非常仔細又慎重地清點鈔票，臉上的笑容爽朗到反而會讓人感到不舒服。

人員安排和經費支出導致收益稍微降低，不過桌子上還擺著高達四百五十萬日幣的鉅款。

「這次被十六夜和鐵扇公主分走不少。只是考慮到他們的功勞，也只能說是合情合理。」

「要不是有鐵扇公主大人去幫忙疏通，恐怕沒辦法找出讓雙方都能妥協的頭緒。」

「是啊，中華族群的黑社會最重視面子，不會因為受到一點威脅就輕易收手。」

「所以您是為了先提出折衷建議才派遣鐵扇公主大人出面嗎？真是高明的手段，帝釋天大人。」

聽到御松的稱讚，釋天志得意滿地挺起胸膛。

「拍賣會是三個月後吧？到時太陽主權戰爭應該也進入了第二戰，我們必須先進行準備。」

「這些錢也是重要的軍事經費。」

「沒錯，因為不知道何時何地才能再度接到大型委託，這次我一定要小心使用——」

「午安！這邊是天草屋！釋天先生在嗎！」

這時，辦公室的大門突然被用力推開。

一名綁著居酒屋半身圍裙的女性，和一名身穿亮片洋裝像是酒店小姐的女性，還有唐・布魯諾、久藤彩鳥以及逆廻十六夜等人都魚貫進入室內。

「哦哦哦！這是發生什麼事！看起來你真的大賺了一筆！」

「太好了！我還在煩惱如果阿天你再不把賒帳結清，人家這個月就慘了呢！」

「我這邊也是一樣，要是他再不把賒欠的帳款和修理費都結清，生意要做不下去了。」

「其實我什麼時候把錢拿回來都可以……可是機會難得，我判斷應該趁釋天先生有能力還錢時先收回款項。」

所有人都動手從鈔票堆裡抽走釋天的欠款。

因為這個突發狀況而一時愣住的釋天很快回過神來用力拍桌。

「等……等一下！你們到底打算拿走多少錢！」

「我反而想問問釋天先生，你知不知道自己欠了多少錢？還有，請把我的信用卡還來。」

彩鳥一臉認真地伸出右手，釋天卻露出遺憾到痛心疾首的表情。

當所有前來回收欠款的債主都手拿鈔票離開辦公室時……桌上只剩下三張萬元大鈔。

「咦……怎麼會……」

「哎呀……」

「哦！不愧是社長大人！居然把所有賺來的錢都拿去還錢，實在大方！」

「是你吧！就是你這傢伙去跟那些人告密的吧！」

釋天抓著十六夜的領口猛搖，十六夜卻繼續愉快地哈哈大笑。

「好啦，這叫做自作自受。既然剩下三萬，不還有機會東山再起嗎？……你看，下一次決戰的舞台已經在等待神王大人嘍？」

十六夜揮了揮手上的賽馬傳單。

這完全是惡魔的誘惑，問題是釋天手上還有其他負債，而且他先前才充滿自信地找頗哩提誇口保證會全數償還。

「很……很好！這次一定要賭上我身為神王的威信，猜中正確的結果！」

「不愧是神王大人♪我的建議是——」

如此這般，兩名搗蛋鬼又回到了起點。這條要還清欠款的道路，似乎非常艱險又極為漫長。

「──總而言之，就是發生了這樣的事件。」

十六夜講完這段經歷，拿起冰紅茶吸了幾口。邊吃炸魚薯條邊聽故事的飛鳥和耀都呼出一口氣，興味盎然地發表意見。

「怎麼說……釋天先生是個讓人不知道該怎麼評價的人呢。該說他是真人不露相嗎？」

「而且釋天先生明明是神，卻散發出一種不可思議的親近感。不像我這幾年見過的神都比較超凡，要不就是可以感覺到類似威嚴的氣勢。」

「畢竟全盛時期的神王大人還可以另當別論，帝釋天卻是一個把親近感和平實自然的傳說當作賣點的軍神。要是把這部分也拿掉，他不就成了個完完全全的廢物大叔嗎？」

……作為軍神，這種受到信仰的形式真的沒問題嗎？

兩人雖然想到這個問題，然而那或許是帝釋天作為神靈時和人類相處的方式。就算不被人類視為偉大的神明，他卻是在人類真正走投無路時會靜靜伸出援手的存在──因此才能贏得「英雄神」這個別號。

「我想除非有什麼真的很特殊的理由，不然社長大人都會願意讓人找他諮詢。」

「嗯，我會去跟他討論看看。」

「說不定乾脆出錢聘用他也是一種辦法。花錢請諸神之王來幫忙……不覺得這樣聽起來很痛快嗎？」

這話說得有道理……三人同時相視而笑。

相較之下——專程前來探問這件事的蛟劉卻一直垂頭喪氣地抱著腦袋。

「……那個笨哥哥，都轉生了還在亂來什麼。」

「啥？」

「啊……沒事，是我這邊的問題。倒是抱歉讓你講了這麼久，很值得參考。」

語畢，蛟劉站了起來。剛好就在此時，周圍突然一陣騷動。

「……嗯？大家看一下舞台。」

聽到耀的發言，其餘三人也把視線轉向舞台。

一行人先前都待在這輛噴泉車廂裡吃吃喝喝，現在舞台上卻出現白夜王的身影。

「原來已經這個時間了，那我就繼續打擾各位片刻。」

「所以這是要公布第二戰的詳情？」

蛟劉咧嘴一笑，點了點頭表示肯定。

可以看到白夜王身邊還跟著黑兔。

或許太陽主權戰爭的下一個舞台已經定案。

為了因應第二戰而在精靈列車裡休養的參賽者們也把注意力都集中到白夜王身上。

「讓各位久等了！接下來將說明第二戰的舞台！說明結束後『契約文件』會送到各位參賽者的手上，記得妥善保管！」

白夜王打開扇子，泰然地點了點頭。

她以雙掌相擊，於是「契約文件」出現在半空中。

「大家在亞特蘭提斯大陸上都表現得很好！我很高興事態基本上都按照預定的規劃進行！」

（……按照預定嗎？）

聽到這句話，十六夜挑了挑眉。

出現於參賽者面前的「契約文件」上寫著如下的內容。

「　——　第二次太陽主權戰爭　第二戰Ａ組　——

◇參加資格：

．僅限在第一戰中存活下來的參賽者能夠參加。

・在第一戰中棄權的參賽者另有處罰。

◇規則概要：

・第二戰將成為特例，使用箱庭的**外界作為遊戲的舞台**。

・參賽者必須找出擔任第二戰嚮導的人物，並且擁有要求對方提供協助的權利。

・參賽者能尋求協助的嚮導以一個對象為限。

・原則上，開始遊戲的時代是「環境控制塔」還在初期開發階段的時代。

◇禁止事項：

・除了自身有性命之憂的情況，禁止殺害和遊戲無關的人物。

・離去之際，禁止將箱庭的恩惠殘留於外界。

・在外界解放「模擬創星圖（Another Cosmology）」者會受到嚴厲處罰。

・違反上述各禁止事項者將被剝奪參賽資格，或是會遭到強制退出外界的處分。

◇勝利條件：

・讓失去光芒的王冠重現輝煌，引發「歷史轉換期（Paradigm Shift）」。

◇敗北條件：

・在期間內無法獲得嚮導的協助。

・因為觸犯禁止事項導致所有參賽者全數退場。

・在第二戰結束時未能持有任何太陽主權。

太陽主權戰爭進行委員會　印」

看完「契約文件」之後，所有參賽者都不由得懷疑起自己的眼睛。

「這——這次的舞台居然是外界？」

飛鳥發出驚呼的同時，周圍也傳來類似的反應。她從未聽說過有哪場遊戲曾經在箱庭之外舉行。

即使是對箱庭的居民來說，恐怕也是幾乎找不出前例的事態。

「而且上面提到的時代……該不會是十六夜出生成長的時代？」

耀一臉緊張地發問。

講到開發「環境控制塔」的時期，確實是逆迴十六夜和西鄉焰生活的時代。

十六夜再度看了看「契約文件」的內容，發出宛如野獸的低吼聲。

「……其實我之前隱約已有預感，猜想大概總有一天會發生這種事。」

「是……是嗎？」

「畢竟『護法神十二天』中有那麼多成員全來到同一個時代的狀況就已經夠特殊了，剛剛說的那個黑道事件也讓我覺得很不可思議……我想連蛟劉來探問外界消息的行動跟主權戰爭也不是毫無關係吧？」

「哈哈，這部分還是祕密，你們最好也暫時保持沉默。」

蛟劉豎起食指，露出可疑的詭異笑容。這種笑容完全顯示出他確實是外表化為人類的妖物，若不是心懷鬼胎，不可能表現出如此態度。

在他的刺激下，十六夜也換上挑釁表情。

「哼，意思是一切都和第二戰有關嗎？至少可以推定在華僑中就存在著所謂的嚮導吧？」

「我不予置評。要是隨便回應，光講一句話都會被你逼出情報來——不過你們要小心點，如果所謂的粒子體可以製造出『天之牡牛』，那必定是某種駭人聽聞的玩意兒。」

聽了蛟劉的忠告，十六夜眼中出現嚴肅的神色。

若要避免人類走向滅亡，星辰粒子體的相關研究是不可或缺的重要研究。為了前往更遙遠的未來，許多神明創造了考驗，人類則戰勝了那些考驗。

在到達最後階段的同時，第二次太陽主權戰爭也開始舉辦。

當然會讓人懷疑這些事情之間的因果關係。

「擊敗『人類最終考驗』——魔王阿吉．達卡哈之後，人類已經做好挑戰最終考驗的準備。就算這次的舞台是外界，我也不認為規模會因此縮小。」

「哈哈，我有同感。在這場第二次太陽主權戰爭背後偷偷運作的修羅神佛說不定是想趁此機會提高自身的影響力，你們可得提高警覺。」

說完忠告之後，蛟劉站了起來轉身離去。

環境控制塔一旦完成，代表第三類永動機就會成為現實。

毫無疑問，這件事將成為大幅改變今後人類歷史的最大匯聚點。在這次匯聚點立下功績的神群，想必也會獲得等同於掌握了箱庭霸權的強大力量。

「我認為先想定爭奪太陽主權的行為也隱含著某種意義會比較好，搞不好到了最後的最後會碰上什麼大逆轉的狀況。」

「……既然十六夜這樣判斷，從現在就開始警戒應該是最好的做法。」

「嗯，可是當前首要的工作是針對所謂的嚮導進行考察。因為要是沒辦法找到嚮導，根本連第二戰都無法參加。」

耀伸手摸著「契約文件」上的文字，敲了敲寫明規則概要的部分。

另外兩人也點頭附和她的意見。

「沒辦法獲得嚮導協助的共同體會直接無條件敗北，這確實是最優先的問題。」

「不過光寫了要找嚮導協助還是讓人沒有頭緒呢，真希望能給個什麼線索。」

「是嗎？我認為至少給了提示喔。」

妳看……耀再度敲了敲規則概要。

「『參賽者能尋求協助的嚮導以一個對象為限』——這邊的寫法不是『**一人**』而是『**一個對象**』一定是另有理由。」

「我同意春日部的意見，由此可以推測出這個嚮導可能包含了『個人』和『組織』。換句話說，外界還有其他組織和『天軍』合作。」

久遠飛鳥敲了一下手掌。

「這個推論確實很有可能……因為就像『護法神十二天』那樣，據說我的出資者也在外界負責公共安全組織。」

「什麼？」

「外界的公共安全組織？」

十六夜和耀都驚訝得瞪大雙眼。他們都是第一次聽飛鳥提到出資者，而且也是到了現在才又想到她其實是其他共同體的人才。

「啊～……糟了，我居然因為太懷念而忘了這件事。大小姐是其他共同體的成員，根本沒有必要特地把關於嚮導的推論告訴妳。」

「哼哼，已經太晚了。我只要請出資者提供情報，想必能立刻找到嚮導。這算不算是很快就領先一步了呢？」

飛鳥把黑色長髮往上一撥，笑得很是得意。

出資者無法親自參加遊戲，但是可以支援參賽者。

假使背後的出資者是能和外界聯絡的共同體，那樣的參賽者在第二戰中應該可以取得很大的優勢。

然而十六夜卻回以無懼的笑容。

「實際上如何呢？這次的舞台是我的地盤，我方占了地利之便。而且我不相信大小姐那麼簡單就能跟上最先進的文明。」

「關於這部分，其他共同體也是同樣條件吧？更何況我的時代只不過相差幾十年，其他共同體的文化說不定會相差數百年甚至是數千年。」

「嘻嘻，是啊。不過飛鳥和十六夜的時代之間經歷過高度經濟成長期吧？我想飛鳥一定會驚訝到目瞪口呆。」

耀吃著薯條，露出感到很有趣的微笑。

列車裡到處都可以看到其他參賽者們正在研究「契約文件」。

這時，甩著白銀長髮站在舞台上的白夜王一臉嚴肅地張開雙手。

「好了……第二戰的『契約文件』終於公開，氣氛也炒熱到最高點，不過接下來我有些話想說。我想各位參賽者對現狀都隱約有所察覺——也就是關於外界發生的巨大事件……以及**箱庭的未來**。」

精靈列車的每一個角落都起了騷動。儘管每個人對這件事都產生疑問，卻只有極為少數的參賽者擁有足以確定的情報。

十六夜等人取得的情報同樣遠遠不及真相的全貌。

沒想到「那個」白夜王現在卻主動提到這件事，恐怕出乎所有人的意料。

在噴泉車廂中的十六夜握緊右手裡的冰紅茶，抬頭望向舞台。

「……我本來以為白夜叉根本覺得外界隨便怎樣都好，這次的行動真是讓人大吃一驚。」

「哎呀，為什麼十六夜那樣認為？」

在他旁邊喝著紅茶的飛鳥滿心好奇地提問，十六夜聳了聳肩才開口回答。

「因為妳要知道，那傢伙可是貨真價實的宇宙真理（Brahman）。雖說多虧箱庭這個地方的特異性，她對我們講話的態度看起來像是彼此對等；但實際上這個超超級魔王的戰力卻可以輕易凌駕我們至今對戰過的敵人戰力總和。對於白夜叉來說，地球上的糾紛和人類未來之類的事情恐怕還比不上一粒沙子。」

十六夜這番話說得有點直接，內容卻是無可動搖的事實。

畢竟星靈和龍種不同於神靈，不需要靠著相互觀測者去確立自身的存在。

比星靈高階的宇宙真理自然更不用說，就算地球存亡被當成微不足道的小事也是無可奈何的事情。

因為即使人類滅亡，對這兩個種族的存續也不會造成任何問題。

是以十六夜認為白夜王並沒有積極地想要解決問題。

「假設白夜叉以前也一直為了這問題而付諸行動，就表示外界的問題可能有好幾個相當棘手的狀況全都撞在了一起，不然就是可能有什麼限制星靈不能干涉外界的契約。」

「也對……說不定有要求星靈不可以插手其他星球的事情或類似的規定。」

春日部耀一邊吃著果乾一邊同意這個看法。

既然目前出現的敵人包括了藍星的半星靈和身為半星靈血緣集大成的魔王堤豐，必須查明其他星靈到底處於什麼樣的立場。

而且不管怎麼樣，白夜王過去從未親口提及外界。

就算白夜王平常都給人總是在胡鬧搞笑的印象，然而一旦她認真參戰，十六夜等人恐怕轉瞬間就會灰飛煙滅。

第一次太陽主權戰爭的優勝者，力量強大到無與倫比的白夜魔王。

即使是到了現在，白夜王在這個諸神的箱庭裡依舊擁有強大的影響力。

三人停止對話，準備仔細聆聽白夜王的發言。

白夜王不知道從哪裡拿出了一支麥克風，以有點尷尬的表情再度開口。

「大家應該都知道，我過去曾化為魔王在箱庭裡大鬧過一場。因此現在講這種話或許很難讓人信服，但是……」

講到這邊，白夜王停頓了一下。

她閉上眼睛深吸了一口氣，語氣非常平靜地宣布：

「我——深愛著箱庭都市。」

「……？」

「雖說現今有許多種族在箱庭都市裡扎根，許多文明、思想、信仰也在此萌芽，箱庭都市卻不是打從一開始就如此繁榮。最早這個世界裡只有星靈們存在，而後龍種造訪，神靈出現，許多動物移居至此，建立了現在的箱庭世界。這其間的過程絕非一切順利……即使如此，我還是深愛著箱庭目前的樣貌、歷史、活動以及一切。」

白夜王的發言——這段表白讓整輛列車都一片安靜。

其中最為驚訝的人是十六夜。

他剛剛才提出「星靈並不關心現在的狀況」和「人類的未來甚至比不上一粒沙子」之類的看法，結果白夜王卻立刻說出了這些話。

然而白夜王胸中一片坦蕩，眼中一片真摯。

「魔王『閉鎖世界（Dystopia）』。

魔王『天動說』。

魔王『絕對惡（阿吉・達卡哈）』。

——長年威脅箱庭未來的『人類最終考驗』被擊破後，只剩下代表時限的『衰微之風（End Emptiness）』。

而且關於這件事，相互觀測者的未來必須獲得保障。換句話說，倘若相互觀測者的未來無法獲得保障，箱庭都市的未來也不會有所保障。」

「────……！」

聽到這邊，精靈列車上的許多乘客都面露愁容。只要是五位數以上的居民，每個人都知道箱庭與外部世界的關係性。

一旦人類滅亡，這個箱庭都市將隨之崩壞。

這個結果跟善惡並沒有關係。

無論有無罪責，只要外界滅亡，箱庭都市也會從根本整個毀壞。箱庭的居民就算想貢獻心力也沒辦法出手，只能遭受牽連而後走向覆滅。

因此居民們當然會感到不安。

白夜王就像是要趕走所有的不安，打開扇子如此說道：

「所以，我要在此處發表宣言！為了守護自己深愛的世界，我將會使出所有手段！毀滅所有外敵！只要有我白夜王在，絕對不會讓任何人傷害箱庭的未來！」

「白……白夜叉大人……！」

乘客的表情一口氣轉變成歡喜，到處都響起鬆了一口氣的聲音。

在星靈中也屬於高階種族的白夜王宣布她會為了保衛箱庭都市而竭盡全力。白夜王過去曾作為最強的「階層支配者」並負責守護箱庭，既然這樣的她願意再度成為秩序的守護者並主宰箱庭都市，想必沒有其他對策能讓居民們更加安心。

精靈列車迅速被歡呼聲包圍，讚頌白夜王的聲音此起彼落。

白夜王打開扇子得意大笑，感受自身獲得的信仰心正在提昇。

這種眾人把主權戰爭的參賽者拋到腦後，為了其他事情大肆慶祝的情況讓耀和飛鳥只能苦笑以對。

「我還在想她怎麼突然說這些話……結果還是平常的白夜叉。都是因為十六夜講了奇怪的話，害我白緊張了一陣。」

「嗯，到頭來只不過是發表了最喜歡箱庭的宣言。話說回來，我可不能原諒白夜叉擠下參賽者收集自身信仰心的行為，晚一點一定要叫她請我喝果汁。」

已經把食物清空的耀舔著手指同意飛鳥的結論。

明明第二戰的「契約文件」才剛公布，精靈列車裡的乘客卻全都在討論關於白夜王的話題，明天的號外頭條肯定也是同一件事。

眾人興奮到箱庭的危機似乎已在這一刻解除。

這樣下去，參賽者未免太沒面子。

飛鳥移動視線想找十六夜抱怨，卻在下一秒摀住嘴巴，把想說的話又吞了回去。

因為在充滿歡呼聲的車廂裡——只有逆迴十六夜一個人因為白夜王的言論而滿心激憤。

「消滅所有**外敵**嗎……」

「……十六夜？」

「怎麼了?什麼事情讓你生氣?」

「不，沒事。只是我的推論似乎會成真，所以有點不爽。」

十六夜聳了聳肩膀裝作若無其事，但先前的憤怒毫無疑問出自於他的本心。

逆廻十六夜這個人擁有總是把不滿堆在心裡的性格，很少會看到他全身都散發出顯而易見的怒氣。或許是他對白夜王先前的發言有什麼想法。

喀噹!十六夜粗魯地站了起來，瞪著春日部耀。

「抱歉，春日部，我還是必須先走一步。事後一定會安排能協助共同體經營的幫手回去，現在要盡快前往外界。」

「咦?不行，我想休息。」

耀鎖著眉頭提出反對意見。

十六夜苦笑地垂下肩膀。

對於長時間擔任共同體領袖與聯盟盟主的春日部耀來說，能不能休息恐怕是攸關死活的問題。

不過她也很清楚，對於十六夜在這種狀況下的行動通常不能隨便不當一回事。既然十六夜不惜違背承諾也要直接行動，代表應該是發生了某種只有他才能解決的事情。

在旁邊目睹這一幕的飛鳥帶著苦笑舉起右手。

「真沒辦法，由我回去幫忙『No Name』吧。而且阿爾瑪和梅爾她們一定也很想看看根據地變成什麼樣子了。」

「咦……飛鳥要回來？」

「嗯，畢竟找出嚮導應該是我方出資者擅長的領域，與其自己直接去找，拜託他們幫忙反而更加確實。」

聽到這句話，耀換上前所未見的開朗表情。

「是……是嗎……！飛鳥要回來了……！」

這反應跟知道十六夜回來時可說是天差地別，不過現在的氣氛並不適合開口吐嘈，十六夜只能微微苦笑。

「那就沒關係了，隨便十六夜想怎麼行動都行。我會和飛鳥一起去玩。」

「喂喂，飛鳥不是為了玩才回來吧？」

「我會努力讓自己可以去玩，也絕對會排出和飛鳥一起去玩的時間。總之十六夜你趕快走吧，不是很急？」

耀哼了一聲把臉轉開，看樣子她是在鬧彆扭。好不容易三人再度聚首卻幾乎沒有時間一起行動，也難怪耀會發脾氣。

十六夜抓了抓腦袋。

「好好好，我知道了。這時候再怎麼急也沒用，只能幫忙幾天也沒關係的話，我願意處理共同體的事務。」

「嗯，很乖很好。」

「十六夜有時候會因為衝太快反而看不見前面呢。我認為你應該要先把『No Name』的事情都處理清楚，然後和春日部小姐統一步調，這才是現在最重要的事。」

是是是……十六夜揮著手接受提議。

每個共同體同樣都處於疲弊狀態。

不管如何焦急，到正賽開始前，各個共同體大概都會稍作休息。

更何況，趁現在解決「No Name」的問題對今後的行動必定會有幫助。

久違地回家一趟當然也不是壞事。

三人在第一戰結束後重新振作精神，決定回到睽違已久的「No Name」根據地。

太陽主權戰爭·第二戰

居然要在外界舉辦恩賜遊戲，
可以說是完全出乎意料。
嗯，可是
我對十六夜的時代有點興趣。
昭和女性和未來人大駕光臨，
真是榮幸之至……
話是這麼說，實際上並沒有
什麼特別值得遊歷的地方。
沒那回事，光是十六夜生活過的時代
就讓人覺得好像很有趣。
嗯，有種高級的感覺。
是是是，隨妳們怎麼說都行。
倒是這個「契約文件」的開頭……
不覺得哪裡不太對勁嗎？
不對勁？

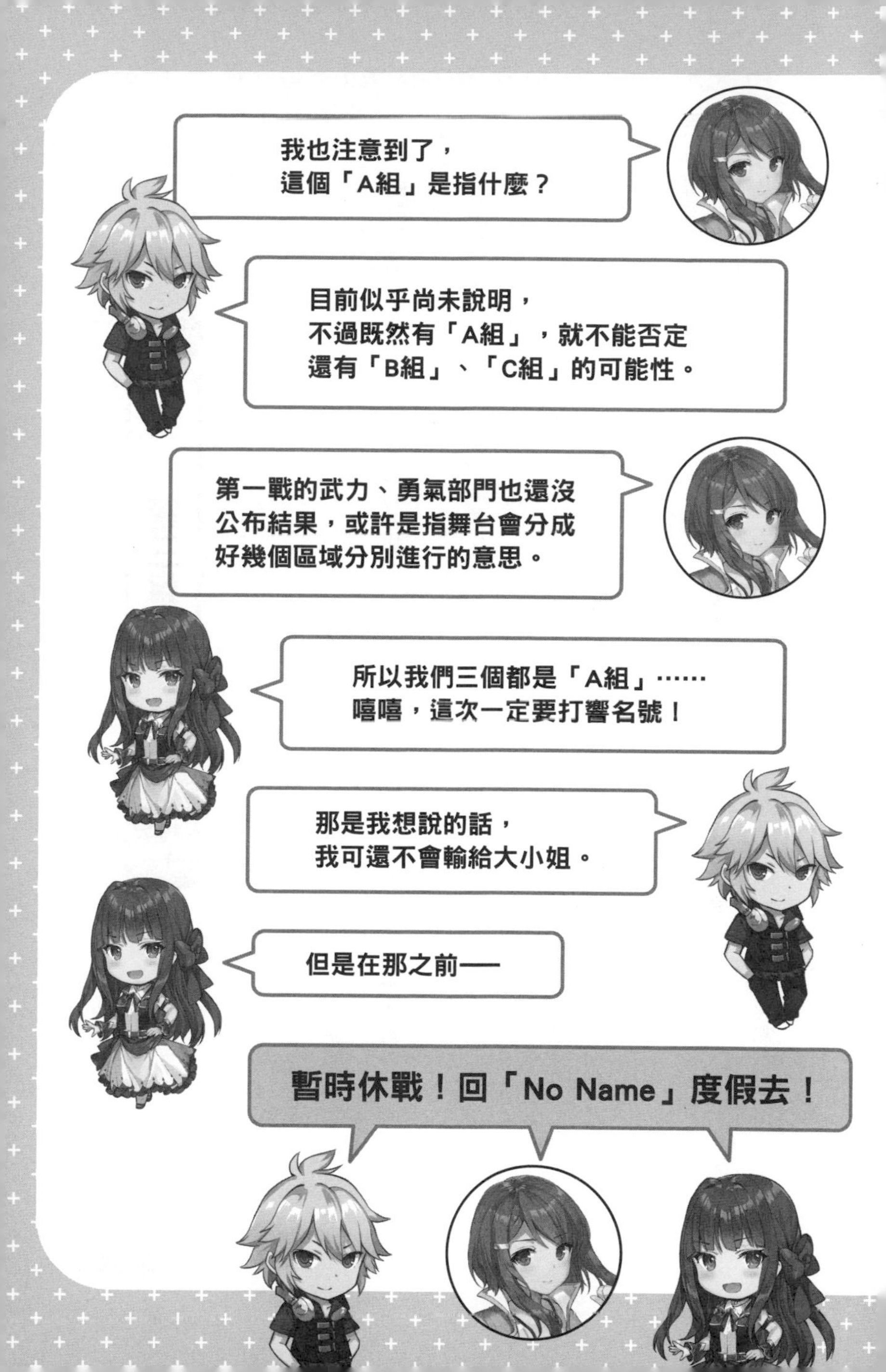
我也注意到了，這個「A組」是指什麼？
目前似乎尚未說明，不過既然有「A組」，就不能否定還有「B組」、「C組」的可能性。
第一戰的武力、勇氣部門也還沒公布結果，或許是指舞台會分成好幾個區域分別進行的意思。
所以我們三個都是「A組」……嘻嘻，這次一定要打響名號！
那是我想說的話，我可還不會輸給大小姐。
但是在那之前──
暫時休戰！回「No Name」度假去！

第三章

——東區　外門。

由於目前進入下一戰開始前的短暫休憩期間，各共同體的成員都為了調養生息而回到自家的根據地。

久遠飛鳥也按照和春日部耀的約定，造訪「No Name」的根據地。

穿過裴利別德大道後，有一間看起來有點年代的咖啡廳。

飛鳥來到這間由「六傷」經營的露天咖啡座，充滿感慨地點著頭找了個位子坐下。

「哎呀……這間咖啡廳也好久沒來了。一想到以前曾經在這裡討論下一場要參加的遊戲，就覺得滿心懷念。」

單手提著一個大包包的飛鳥抬頭看了看附近的風景。

剛被召喚來箱庭時的記憶湧上心頭，讓她不由得瞇起眼睛。

明明一開始對箱庭根本還不了解，卻跟十六夜他們一起血氣方剛地參加了恩賜遊戲。

挑戰共同體「Perseus」，和星靈阿爾格爾交手。
前往北區的「火龍誕生祭」，迎擊來襲的「黑死斑魔王」。
參加南區的「Underwood」收穫祭，抵抗強大的巨龍。

（……回想起來，其實現在跟以前也沒什麼差別。）
飛鳥雙手環胸，臉上浮現苦笑。
從被召喚來箱庭的那時起，他們這幾個問題兒童現在依然是問題兒童。
無論面對多麼巨大的敵人，三人都毫不畏懼地活出自己，持續奮戰，而且也勝利至今。
過去如此，從今以後的久遠飛鳥必定還是會以這種態度繼續前行。
飛鳥只點了一杯紅茶，欣賞懷念的風景一陣子之後，離開「六傷」的咖啡廳。她穿過比三年前稍微熱鬧一點的裴利別德大道，朝著「No Name」的領地走去。
過去荒廢的道路現在已經鋪設得相當完善。居然能讓那片寸草不生的貧瘠土地復甦到這種地步，飛鳥不由得有點佩服。
她甩著裙襬以輕快腳步來到門前，只見那裡駐守著像是門口警衛的女性衛士和獨角獸。
（哎呀……這兩位是生面孔。）
飛鳥並不是第一次見到獨角獸。很久以前他們三人曾經從「旱魃」的手中救出獨角獸，或許眼前的獨角獸也是同族群的一員。

女性衛士和獨角獸注意到飛鳥之後，立刻挺直身子並開口詢問她的來歷。

「來者止步，前方是東區的『階層支配者』──『No Name』的領地。首先請報上名號，說明妳的來意。」

「哎呀，沒想到只是暫時離開一陣子，『No Name』就變得這麼戒備森嚴了……我叫久遠飛鳥，原本是『No Name』的成員，不過現在已經獨立。」

這句話讓女性衛士馬上收起警戒，她睜大著雙眼舉起手敬禮。

「抱歉得罪了，您是首領大人的朋友吧？已經收到准予放行的通知，請進。」

「謝謝。」

飛鳥在女性衛士和獨角獸的目送下穿過大門。

過去的荒涼景象如今不復存在。

外觀美麗到令人讚嘆的建築物鱗次櫛比，路旁的整排粉彩色更是賞心悅目。造訪此地的每一個行商人都在交易著各式各樣的商品。

和三年前截然不同的街景讓飛鳥睜著發亮雙眼發出感嘆聲。

「好……好厲害啊！我完全沒料到居然可以復興成這樣！」

她開心到忍不住拍手，把周圍的居民都嚇了一跳。飛鳥趕緊把雙手收到背後，輕鬆愉快地往角落移動。

她再度觀察街景一圈，呼出一口長氣。

（是嗎……那些慘不忍睹的光景都成了過去。）

發白乾枯的樹木和荒廢淒涼的土地。

還有完全失去生命力，只剩下石頭和砂礫的農園。

或許是因為「No Name」被任命為「階層支配者」讓願意移居來此的居民變多，也有可能是以前離開的「No Name」過往成員也紛紛重回故地。

飛鳥帶著愉快心情往前走，這時遠方傳來熟悉的聲音。

「太便宜了！我們對這次的品質很有自信，最少也要『Thousand Eyes』的銀幣兩枚！」

「可……可以的話，最好是銀幣兩枚加銅幣一枚！」

「咦……這個……！愛夏妹妹跟維拉妹妹總是這麼敢抬價！」

原來是兩名身穿套裝的藍髮少女正在跟商人講價。

飛鳥忍不住因為眼熟的藍髮而發出驚呼。

「愛夏！維拉！」

「嗯？……我還想說是誰在叫我，原來是飛鳥！這些年過得好嗎？」

「當然好，倒是妳們兩個看起來都很適應這裡。」

「嗯，要感謝克洛亞先生和耀都非常照顧我們。」

從商人手上拿到貨款的兩名藍髮少女——分別叫做愛夏·伊格尼法特斯和維拉·札·伊格

尼法特斯。

當年蕾蒂西亞在「Underwood」化為魔王，還有後來阿吉・達卡哈在「煌焰之都」大肆破壞時，她們都是一起並肩作戰的伙伴。要是少了這兩人和「傑克南瓜燈」，十六夜等人恐怕難以存活下來。

「哎呀！真的好久不見！好了，進來吧進來吧！我會立刻叫耀和十六夜過來！」

「謝謝，那我就恭敬不如從命了。」

兩人做出勝利動作，邀請飛鳥進入店內。

讓飛鳥坐下後，愛夏立刻滿臉好奇地詢問主權戰爭的詳情。

「所以說，太陽主權戰爭是什麼狀況？妳去參加了吧？」

「嗯，可是我幾乎沒有表現，世界上的高手果然還是很多。」

「別擔心，我想妳不必在意。箱庭很廣大，總是人外有人。如果光是因為沒有表現就必須引以為恥，我在這三年來根本隨時都在丟臉。」

維拉的視線飄向遠方。可靠的養父傑克南瓜燈已經不在了，身為領導者，維拉想必正在努力撐起共同體。

經商當然很重要，不過箱庭最引人注目的亮點果然還是恩賜遊戲。

正因為「Will o’ wisp」擁有一流的參賽者，他們以往在北區才會成為少數被另眼相待的共同體。維拉同樣是能力夠格被稱為一流的參賽者，但經驗尚且不足，也還有不成熟的一面。

空間跳躍在應用方面具備了頂尖水準，戰鬥能力更是出類拔萃。
只是維拉在戰鬥時總是全面依靠空間跳躍能力，因此很容易被抓到破綻。
「春日部小姐和十六夜大概什麼時候會過來？」
「可能要差不多一小時以後吧？今天本來就約好要找黑兔一起來開茶會。」

「嗚哇啊啊啊啊啊啊牛跟馬抓狂了啊啊啊啊！」

在驚叫聲中，出現兩隻失控暴衝的龐大動物。
體型遠比一般牛馬巨大許多的瘋牛和瘋馬朝著這邊衝了過來。
飛鳥反射性地拿出恩賜卡，一個長著兔耳的人影卻搶先跳到了兩隻動物頭上。
「好——到此為止嘍！你們兩個！」
「黑……黑兔！」
唰！黑兔豎起兔耳，伸手拉住瘋牛和瘋馬的韁繩。
雖然她現在的外表成了年幼少女，戰鬥能力依然具有品質保證。
用嬌小身軀瞬間制服兩隻龐大動物的黑兔擦去發亮的汗水，臉上滿是笑容。
「好了好了，你們冷靜一點喔……哎呀，這不是飛鳥小姐嗎！原來您提早到了！您覺得現在的新街景怎麼樣呢？」

「看到這裡變得這麼熱鬧，我也非常高興！春日部小姐真的很努力呢。」

「ＹＥＳ！為了讓領地的規模擴大，耀小姐很積極地解決各地的糾紛！獨角獸之所以願意擔任入口的守衛，也是因為耀小姐幫忙解決了事件！」

黑兔開心地揮舞兩手。

飛鳥經常聽說春日部耀作為東區「階層支配者」表現相當盡責的傳聞。

她想必是拜訪了許多共同體並四處伸出援手，才能讓聲名遠播，也向各地人士展示出自身的力量。

飛鳥帶著好奇再加上一絲絲的羨慕與嫉妒開口發問。

「順便問一下，你們跟那位獨角獸先生是怎麼認識的？」

「哎呀呀，對飛鳥小姐來說有點難以認出嗎？那位就是以前遭到『旱魃』襲擊時，被各位問題兒童大人救出的獨角獸！」

飛鳥恍然大悟似的敲了一下手掌。

「也就是說，那時幫助的獨角獸先生之後又再度造訪『No Name』？」

「ＹＥＳ！其實是後來又有緣相見……所以現在耀小姐外出時，都由那位獨角獸擔任坐騎！」

聽到黑兔這句話，愛夏表現出很感興趣的態度。

「哦……我還沒聽說過那隻獨角獸前來『No Name』的理由。感覺很有趣，在耀來之前先講給我們聽聽吧。」

「今天還有點心，我烤了夾心甜蛋捲。」

維拉拿出夾心甜蛋捲後，飛鳥眼神發亮地坐了下來。

「夾心甜蛋捲……！讓我回想起三年前的遊戲，真是開心。」

「哼哼，別以為跟那時是一樣的東西。就讓妳嚐嚐借用一部分『No Name』農地製作出的特製南瓜奶油！」

眾人把紅茶和夾心甜蛋捲放到桌上，杯盤發出清脆的聲響。

「話說回來，飛鳥那邊沒有旅途中發生的趣事嗎？」

「我嗎？我這邊沒什麼……啊，不對，只有一件事。」

嗯哼！飛鳥似乎有點難為情地咳了一聲。

接著她挺直背脊以認真眼神看向三人，展現出彷彿下了什麼重大決心的氣勢。黑兔和維拉、愛夏受到影響，也紛紛端正自己的坐姿。

深呼吸之後，飛鳥才像是在鼓舞自己那般地做出宣言。

「本人，久遠飛鳥——已經確定會在三個月後被任命為北區的『階層支配者』。」

「什麼……！」

「咦……！」

「您說什麼！」

三人都驚訝到整個人跳了起來。

尤其是黑兔還動著兔耳站直身子，似乎回想起什麼事情。

「對……對了！人家想起來了！飛鳥小姐在亞特蘭提斯大陸上也曾脫口說出有人邀請您擔任『階層支配者』！」

「那……那時候是因為跟大家重逢一時興奮才會不小心說漏嘴，不過這次是正式的決定。其實北區和南區雙方都來徵詢過我，前幾天我決定接受北區的邀請。」

「嗚哇，真是出人頭地了。共同體的名號跟旗幟是什麼？」

「我……我還沒準備好……」

「這也太前所未聞……！」

維拉和愛夏一時都說不出話。這就代表飛鳥是在幾乎默默無聞的狀態下被提拔為「階層支配者」，但是這種事情絕對不可能發生。

一定是飛鳥在外出修行的途中建立了什麼沒有自覺的功績。

「這樣一來，我們一定也要聽聽飛鳥的旅行見聞才行。既然能讓她被拔擢成『階層支配者』，過程肯定是一樁又一樁的大冒險。」

「ＹＥＳ！要是不請教飛鳥小姐經歷了什麼樣的大冒險，人家的兔耳可沒辦法冷靜下來！」

「好……好啦，我答應妳們！但是我想知道現役的『階層支配者』遭遇過什麼事件，可以先告訴我關於獨角獸的故事嗎？」

「ＹＥＳ！那麼在耀小姐和十六夜先生到場之前，就由在下黑兔來負責說明！」

黑兔伸直兔耳，把手放在胸前做出承諾。

接著她中規中矩地在椅子上坐下，稍微清了清嗓子。

「其實——在主權戰爭即將舉辦之際，耀小姐曾經失蹤將近一個月。」

「什麼？」

飛鳥懷疑自己聽錯了。

被任命為「階層支配者」後，春日部耀必須負責各式各樣的職務。

她是把那些工作全都丟下不管嗎？

「這真是……讓人好奇的故事。」

「是吧是吧！人家先講關於獨角獸的事件，然後再換成飛鳥小姐！」

面對三名聽眾，黑兔靜靜地開始敘述。

距今大約半年前——春日部耀失蹤後過了不久。

黑兔和夏洛洛·干達克一起外出尋找下落不明的春日部耀。

Last Embryo

「有人在某片山崖的另一邊看到可能是春日部耀的人物」。

這就是關於她的最後一個目擊情報。

大聯盟的盟主，春日部耀失蹤後過了一個月。

為了尋找突然不知去向的春日部耀，黑兔和隸屬於「六傷」的夏洛洛・千達克一起來到箱庭南部的山岳地帶。

長著茂密樹木的山岳地帶尚未開拓，頂多只能零星看到一些野獸走出來的崎嶇小徑。此地距離人煙千里以上，光是要前來都不是易事。

黑兔以輕巧腳步穿越山岳地帶的森林，來到崖上觀察四周。

「記得情報是說在這一帶看到耀小姐──」

「等……等……等一下！拜託請等一下！黑兔大姊頭妳跑這麼快，我根本追不上啊！」

唔？黑兔歪著兔耳轉過身子。

只見滿頭大汗的夏洛洛在山腰附近拚命地跟著爬上來。

「哎呀呀……！抱歉，人家有點太著急了。」

「不……這也是正常反應，畢竟再過不久主權戰爭就要開始了。」

夏洛洛抓了抓貓耳，氣喘吁吁地苦笑。

黑兔伸直兔耳，對著她用力點頭。

「就是那樣沒錯！『No Name』若想贏得勝利，絕對不能少了身為首領的耀小姐！……沒想到她卻突然消失無蹤，讓身為『主辦者』兼『參賽者』的我們焦急到坐立不安！」

哼哼！黑兔豎著兔耳大發雷霆。

夏洛洛看到她如此操心，只能苦笑著搔了搔臉頰。

「這個……聽起來真是辛苦。總之對我們『六傷』來說，要是締結了同盟的『No Name』能夠贏得主權戰爭，對『六傷』也很有好處。所以我們一定會鼎力相助！」

「ＹＥＳ！感謝各位幫了大忙！」

夏洛洛伸直尾巴爽快表達協助意願，黑兔則是豎起兔耳低頭感謝。

東區的「No Name」和南區的「六傷」。

這兩個共同體的交情從前一代就延續至今，也都是同一個大聯盟的一分子。

想必正是因為如此，黑兔才會請熟悉南區地理環境的夏洛洛幫忙帶路。

更何況這次她們前來尋找的春日部耀其實是大聯盟的盟主。

為了參加太陽主權戰爭，她毫無疑問是不可或缺的人才。

既然無法確定逆迴十六夜什麼時候才會回來，春日部耀是現狀下可視為最大戰力的人物，無論如何都必須把她帶回共同體。

夏洛洛爬上目的地的山崖，站在山頂俯瞰周遭。

「……嗯？附近傳來水的氣味。」

「如果要尋找生物活動的痕跡，是不是該往那個方向前進呢？」

「嗯，基本上是那樣。不過還有其他幻獸的味道，我們要慎重一點！」

夏洛洛從山崖上跳了下去。

春日部耀這個人與其說是淑女，反而該形容成學過文明的野人。據說她過去也曾突然失蹤，回來時全身髒得簡直會被人當成野生動物。

「No Name」的美麗侍女長看到那副樣子，似乎還很遺憾地抱怨春日部耀怎麼偏偏像了最不希望跟她父親一樣的部分。

黑兔和夏洛洛放慢腳步，一邊觀察周遭一邊走向湖畔。不久之後她們發現一片極為巨大的植物，不由得同時發出驚呼。

「嗚哇……！那是什麼玩意兒？」

「這是……藤蔓形成的牢籠嗎？」

黑兔一臉嚴肅地分析。巨大的藤蔓牢籠非常茂密繁盛，幾乎要覆蓋住這座位於山溝中的湖泊。

夏洛洛摸著藤蔓仔細觀察，忍不住皺起眉頭。

「這是常春藤，大概是利用某種恩惠來巨大化……但是想讓常春藤長到這麼大想必相當耗費工夫。」

「或許把這個牢籠當成是一種必須如此費勁的封印會比較好？」

「嗯，要不要撬開看看？」

「別那樣做。」

這時，藤蔓牢籠裡突然傳出聲音。

這熟悉的女性說話聲讓黑兔把兔耳豎得筆直，直接衝向牢籠旁邊。

「耀……耀小姐！被關在裡面的是耀小姐嗎？」

「ＹＥＳ……其實我是受到請託所以來這邊幫忙獨角獸復興，卻中了盜獵者的陷阱，結果就像這樣被關起來了。」

來自藤蔓牢籠內的發言聽起來充滿懊惱。

黑兔驚訝得不斷擺動兔耳。

「怎……怎麼會……下層裡居然還有盜獵者能設置出足以封印耀小姐的陷阱……」

由於過度驚訝，黑兔甚至說不出話。

被藤蔓牢籠抓住的春日部耀是「No Name」的現任領導人，也是箱庭最大聯盟的盟主。到了現在，更是在諸神的箱庭裡也被人另眼相待的人物之一。

有能力像這樣讓春日部耀成為階下囚的盜獵者根本不可能隨地都有。

黑兔思索到這邊，牢籠裡傳出另一個聲音——一隻獨角獸開口說話。

「這次是我們一族給各位添了麻煩，黑兔小姐。」

「哎呀呀！這聲音難道是之前的……？」

「是的，我是遭到旱魃怪物襲擊時獲救的那隻獨角獸。衷心恭喜『No Name』榮任東區的『階層支配者』，想必能成為取回過去榮耀的第一步契機。」

「您……您真是太客氣了。該道謝的是我們才對，要是沒有獨角獸的角，就無法救治在對抗魔王阿吉·達卡哈的戰鬥中受了重傷的十六夜先生！」

唰！黑兔伸直兔耳，對著獨角獸表達謝意。

那是極為珍貴的寶物，還在最佳的時機發揮作用。

「得知那東西似乎在各位重建共同體時派上用場，我也萬分喜悅。這世上會因為什麼事情而串起彼此緣分實在難以預料……但是看來我們這次又給各位添了極大的麻煩，真是過意不去。」

獨角獸很歉疚地如此表示。由於獨角獸的角具備治癒的能力，牠們總是遭到沒血沒淚的盜獵者襲擊。明明已經躲到這種山岳地帶想尋個安身之處，卻還是很快被盜獵者發現蹤跡。

獨角獸們一定承受了外人難以想像的精神壓力。

「要不是為了保護我們，耀大人也不會中了這種耍小聰明的陷阱。一想到就讓人滿心悔恨，到底該如何表示歉意才好……」

「別在意。也沒辦法，這次只是對手的陷阱比較厲害而已。」

耀摸著獨角獸的鬃毛安慰對方。

夏洛洛搔了搔貓耳後側，很認真地研究眼前的藤蔓牢籠。

「可是我不懂，春日部大姊頭應該有辦法輕鬆打破這種藤蔓形成的牢籠吧？是不是另有什麼問題？」

「嗯，妳們看看那邊，我記得有寫明牢籠機制的羊皮紙……夏洛洛或許看得懂？我看不懂上面寫什麼。」

「由我來看嗎？不是交給黑兔大姊頭？」

「嗯，因為羊皮紙上的文字跟妳以前讓我看過的語言很像，所以我想身為貓族(Cait Sith)的夏洛洛或許能看懂。」

原來如此……夏洛洛豎起貓耳往前一步。

據說貓族是熟習眾多語言的種族，夏洛洛的血統更是出於貓族中最出名的貓族——「穿長靴的貓」。

大概是因為這樣，耀才會認為身為「六傷」主力的她或許有辦法。

「聽起來確實輪到我表現。請等一下，我會立刻翻譯。」

夏洛洛來到藤蔓牢籠前方，放下行李準備翻譯羊皮紙上的內容。黑兔靠近位於牢籠裡另一邊的耀，開口對她搭話。

「耀小姐，幸好您平安無事……人家真的很擔心。」

「抱歉，我原本打算再等一天還是沒人過來的話就要直接靠實力衝破牢籠……不過這東西畢竟也是恩賜遊戲，我想按照規則破解才是正當的做法。」

您說得是……黑兔豎直兔耳。

不擇手段也要取勝是弱者才能使用的主張。

身為組織頂端的人物沒有那樣做的權利。

如果無法斷言自身參加遊戲時的表現不必自省也無須顧慮，就無法真正掌握人心。身為東區「階層支配者」的春日部耀有義務在戰鬥時展現出高度的水準。

或許也是基於這種考量，她才會決定暫時等待救援。

「這種行動很符合耀小姐您的風格，而且這樣的堅持才算是我們的首領！」

「謝謝。可是我覺得看不懂的『契約文件』有點奸詐，那樣真的可以？」

「可以。在恩賜遊戲中，是看不懂規則的參賽者自己不好……不過，這種情況很罕見。因為箱庭世界反向推算史實，應該已經根據『所有語言終將統一』的概念，讓『統一祖語之恩惠』使用於各式文字上才對。」

箱庭的世界招攬了各式各樣的時代與種族。

原本不可能彼此溝通的各式居民之所以可以相互理解，正是因為這個恩惠隨時都覆蓋住整個箱庭世界。

人類歷史到最後註定會被一個語言來整合。

作為遍在時空、第三點觀測宇宙的箱庭從結果論Ω反向推算並進行具體化，最後的成果就是這個「統一祖語之恩惠」。

「也對，要是無法讀寫，和幻獸的遊戲根本無法成立。」

「YES！所以『看不懂的文字』本身其實非常有可能是一種恩賜……結果如何呢，夏洛洛小姐？妳有辦法看懂嗎？」

黑兔好奇地歪著兔耳。

正在研究羊皮紙內容的夏洛洛沒有理會黑兔的提問，一臉嚴肅認真地繼續努力解讀。平常非常開朗樂天的她很少露出像這樣的表情。

夏洛洛多次用手指模仿文字，自言自語般地低聲說道：

「文字的外型近似凱爾特（Celtic）……可是，我沒看過這種象形文字。不是歐甘（Ogham）字母也不是盧恩（Runes）字母。使用了象徵女性的常春藤，由此可以推測術者可能是女性……既然如此，這個文字是『哥德（Goths）』的類似語嗎？」

夏洛洛半信半疑地臨摹文字。

然而什麼都沒發生。

「……沒反應，這應該是成功解讀之後任何人都能看懂的東西。如此一來，這文字是不是具備了打從一開始就無法解讀的性質？那麼……不……難道……這不是『無法看懂的文字』而是『無法觀測的文字』嗎——！」

喵喵咪啊！有可能嗎！

夏洛洛不斷動著貓耳，猛然站了起來。

「等……等一下，大姊頭！太……太誇張了！是重大發現！這……這是真正的消失祖語（Lost Language）之一！而……而且還是西元前兩千年等級的原始凱爾特語！也就是超超級稀有的文字！」

耀沒有回應驚訝到跳來跳去的夏洛洛，只是疑惑地微微歪了歪頭。

黑兔則跟她相反，豎著兔耳顯得非常訝異。

「消失祖語……？人……人家也聽說過！那是不是隨著人類歷史發展，由於後續時代無人使用才會成為不可觀測的人類祖語之一？而且應該還是神治時代成立前後所使用的古代祖語……？」

「沒錯！現在的原始凱爾特語將西元前八百年的文字定為最古老的文字，但是這張羊皮紙上的原始凱爾特語顯然是更久以前的東西！看起來相當於《來寇之書》真正版本的時代！」

箱庭世界有一個「某個存在一旦變成不可觀測，零格將隨之消滅」的大原則，這種例子俗稱為「No Former」。

例如夏洛洛提到的《來寇之書》是指基〇教傳入愛爾蘭後遭到改寫的凱爾特神話偽史書。這部偽史書裡的凱爾特神話故事因為基〇教信徒將自身的宗教信仰導入其中而產生變化，後來的內容反映出基〇教的概念。過去春日部耀等人在「煌焰之都」經歷過的恩賜遊戲「奪牛長征記」就是其中之一。

像這種遭到後世敘事者改變，結果造成真正歷史無法被觀測的案例——譬如在人類歷史中被摧殘殆盡的文明和歷史，以及不可能到達的未來都符合「No Former」的定義。

正常來說，這些存在一旦消失之後，在箱庭應該會一直維持不可觀測的狀態。然而——耀看著自身恩賜卡上寫著的恩賜「No Former」，不解地側著腦袋。

「可是所謂『No Former』正是因為無法觀測才叫做『No Former』吧？為什麼這張羊皮紙還能存在於箱庭裡？」

這是非常理所當然的疑問，黑兔也跟著點頭。

夏洛洛豎起貓耳和食指，開始針對「不可觀測的文字」說明她本身的理論。

「春日部大姊頭。看樣子這個狩獵遊戲製作於箱庭的黎明期，很可能是超古代的遺產！後來不知何時成了消失祖語，失去原本的力量。」

「是嗎，然後？」

「我猜……恐怕是因為某個契機導致消失祖語又恢復力量——而且那個契機還是不久之前才發生的事件。換句話說，這個案例或許是『原本無法觀測的文字』轉變成『能夠觀測的時間流』。最近是不是發生過什麼巨大的『歷史轉換期』呢？」

由於時世變遷，帶動不可觀測的文字變化成能夠觀測的文字。

黑兔敲了一下手掌，像是察覺到什麼。

「該不會……是我們打倒魔王阿吉．達卡哈的時候……？」

「一定是那樣！大姊頭們打倒魔王時發生了規模極大的『歷史轉換期』，時世因而變動成

《來寇之書》真正版本會被發現的時代，也影響了祖語的最古老實例！我想現在是因為即將舉辦主權戰爭所以時期未定，這張『契約文件』上的文字才會固定在無法解讀的狀態！」

哦哦……春日部耀發出感嘆。

她大概沒想到夏洛洛有辦法這麼快就解出「不可觀測的文字」隱藏了什麼謎題，不愧是能夠擔任南區「階層支配者」的共同體成員。

心跳加速的夏洛洛甩著貓尾，把寫有這些祖語的「契約文件」抱在懷裡。

「聽說古代凱爾特文明是強大女性主導的社會。既然這是從箱庭黎明期流傳至今的恩惠，肯定是女神等級的祖靈留下來的『契約文件』！只要拿回去研究，應該能大幅強化我們的主辦者權限——『Der gestiefelte Kater（穿長靴的貓之王）』！」

喵呼呼♪夏洛洛・干達克用力晃動尾巴，看起來非常開心。

另一方面，把手搭在下巴上的春日部耀發現一件重要的事情。

「……不，妳先等一下，意思是這遊戲還是不可解讀也無法破解吧？」

「嗯？啊……是那樣沒錯。」

所有人都瞬間陷入沉默。只顧著拚命解讀卻沒能推敲出解決辦法，果然新上任的「階層支配者」終究是個菜鳥。

況且基本上，要是剛才的考察正確，也會得出根本沒有任何辦法解讀這文字的結論。春日部耀重重嘆了口氣，對著身旁的獨角獸們開口。

「……對不起，看樣子只能連同這個湖一起破壞。」

「咦！」

「妳說什麼？」

黑兔和夏洛洛都很驚訝，獨角獸則是以無奈的聲調說明藤蔓牢籠裡的狀況。

「其實……這個巨大的藤蔓牢籠已經在這片湖泊扎根，一旦受損就會吸取湖水並再生。因此破壞藤蔓牢籠的行動等於是要讓湖泊整個乾涸。」

這想必是耀遲遲不願破壞藤蔓牢籠的最大理由。

原本是為了幫忙獨角獸重建，這下根本不知道自己究竟是為何而來。

獨角獸居住的地方一定要有清澈的水源。如果放棄這片好不容易找到的水源，牠們只能再度踏上流浪旅途。

這時了解狀況的夏洛洛伸直貓耳發出豪爽笑聲。

「什麼啊，原來是這種問題！來我們『Underwood』這邊就好啦！畢竟情況特殊，我會幫你們跟大家事先說明！」

「……真的方便嗎？」

「當然沒問題！別看我這樣，我可是『六傷』的主力！不會讓任何人說三道四！還能夠保護你們不受盜獵者的傷害！」

夏洛洛豎起大拇指。不過獨角獸長年遭受盜獵者的迫害，要和他人一起生活果然還是會產生抗拒感。或許正是因為那樣，牠們之前才沒辦法找「六傷」商量。

就像是要鼓勵這些為難的獨角獸，黑兔靜靜地對他們說道：

「請各位放心。『六傷』和『Will o' wisp』一樣，都是我等『No Name』最信賴的同盟共同體，一定會接納你們成為同志。」

「嗯，其他馬類幻獸也住在那附近，大家肯定可以相處和睦。」

耀也跟著附和。

「……我明白了，既然救命恩人的耀大人和身為『箱庭貴族』的黑兔小姐都這麼說，我們願意聽從。」

獨角獸點了點頭，似乎總算下定決心。春日部耀拍了一下自己的臉頰，從胸前拿出「生命目錄（Genom Tree）」並鼓起幹勁。

「好！事情已經定案，就來轟開這個藤蔓牢籠吧！」

「YES！我們也先退開吧，夏洛洛小姐！」

「知道了！……啊，等一下！大姊頭的火力會把『契約文件』也一併燒燬，我必須帶著這東西一起走才行——」

夏洛洛抽起羊皮紙。但是她手拿「契約文件」走了幾步之後，突然再也無法移動「契約文件」。

「……咦？」

夏洛洛扯了幾下，卻完全沒辦法讓「契約文件」繼續遠離藤蔓牢籠。
另一方面，春日部耀已經讓「生命目錄」產生變化，進入備戰狀態。
感覺到灼熱的氣勢後，夏洛洛反而冒出讓她全身發冷的預感。
「等……等一下，春日部大姊頭！我還在這裡啊——！」
夏洛洛放聲大叫。
但是春日部耀當作沒聽到。
除了「生命目錄」，右手出現金翅火焰的她還同時拿出另一個恩賜。
那是擁有啃蝕世界樹的傳說，來自某隻蛇龍的利牙。春日部耀舉起手擺出像是讓兩個恩賜交疊的姿勢，全身釋放出金翅與漆黑的火焰。她大聲吼道：
「剛好有這個機會……來試試新武器……！」
「等一下！真的先別急！我還沒走啊！還有，這張『契約文件』一旦燒掉就沒有替代品了！這是超級貴重的文獻，所以拜託妳等一下啦！」
「是嗎，那妳要努力保護它。」

這要求太誇張啦——！

隨著這聲悲憤的抗議，藤蔓牢籠中升起巨大的灼熱火焰。

看起來宛如黑龍，又彷彿神鳥。

夏洛洛被這波把周圍樹木全數燒盡的強大火焰給牽連進去，雖然也使用了自身的王牌，卻在看清眼前景象的同時嚴重燒傷。勉強留下一口氣的她靠著獨角獸的角，最後總算保住了一條命。

Last Embryo

這是久遠飛鳥旅程中的一頁紀錄。

簡而言之——就是久遠飛鳥收下了挑戰書。

此地是著名的花都，由鬼姬聯盟負責管轄的大花街。

在這個箱庭數一數二的愛之街裡，整個區域都覆蓋著如夢似幻的紫色煙霧，來客也能買下跨越種族的一夜幻夢。

這種地方原本跟久遠飛鳥沒什麼關係，但是在她為了鍛鍊自身而四處漫遊的途中，卻遭到主張「主人必須更了解什麼是女性氣質」的阿爾瑪特亞強行帶來此地。而且不知為何，還可以看到久遠飛鳥正在街上不斷四處移動。

「呼……！」

飛鳥在鋪著瓦片的屋頂上飛簷走壁，打落演奏出風雅響聲的銀色閃光攻擊。一旦停下腳步，這些攻擊恐怕就會在彈箏般的優美樂音中斬斷她的首級。

在這個夢幻飄渺的區域裡違紀作亂的犯人，是一具外觀非常精巧的機關人偶。

那是日本傳統表演藝術之一的傀儡師，以及身為花街象徵的煙花女們所信仰的藝能之神靈——「百太夫」。

也是在這個得不到神佛加護的花街裡，以自身抵擋災厄，甚至連恐怖的天花也能擊退的花街之道祖神。不知道是出了什麼差錯，如今卻像這樣每晚都在街上現身，到處砍傷路過的女性。

（啊啊！真是的！不該中了激將法，隨隨便便就做出承諾！）

雖然飛鳥的身體能力已經慢慢提昇，現在的她依然無法獨自對付眼前的敵人。只能說真的是運氣不好，飛鳥才會被掌管這區花街的豪爽花魁狐相中。一開始只是跟煙花女們稍有爭論，卻不消多久就被對方以三寸不爛之舌給逼得毫無退路。等到最後回神時，才發現自己其實是中了激將法……也就是她必須負責打倒擾亂花街到處散播詛咒的機關人偶。

煙花女們躲在安全的室內觀看飛鳥的奮戰，每當飛鳥差點丟掉腦袋時都會萬分緊張地大叫。

「飛鳥妹妹！不可以太勉強！」

「我們都待在結界裡，真的不行時就逃進來吧！」

「謝謝大家這麼親切！但是不必擔心！」

回應這些聲援的飛鳥繼續拚命地閃避攻擊，還從正面瞪著敵人。

被當成招福擺飾的機關人偶遭到邪物附身在箱庭並不是少見的狀況，然而眼前的機關人偶是神靈附體的對象，一般的戰士根本不是對手。

它只要擺動頭部就會發出伴隨著風雅響聲的銀光攻擊，一揮手能夠直接掀翻整片屋瓦。想必是出名傀儡師的作品。

在恩賜卡內旁觀情勢的阿爾瑪奚落般地問道：

「看來您陷入苦戰呢，主人。需要我幫忙嗎？」

「不需要！請妳不要在別人忙著打架時插嘴！」

「不愧是我的主人，如此精力充沛。不過我還是要順便自言自語幾句……看樣子那個機關人偶似乎只能看清自身的前方喔。」

嗯？飛鳥回頭觀察機關人偶。只見對方的兩顆眼球不斷轉動，隨時都警戒地確認周遭狀況，想必是藉由左右雙眼各自移動來擴展視野範圍。

不過反過來說，這代表它只能找出義眼可視範圍內的敵人。

「既然是藝能的神靈作為付喪神出現，為了發揮其技藝，必定少不了觀眾和舞台這兩項要素。我想那個機關人偶應該是把主人您當成觀眾，正在展現自身的技藝……至於要怎麼利用這些情報就看您自己了，祝武運昌隆。」

「妳還是這麼愛管閒事……不過謝謝妳，我會稍微改變戰法。」

飛鳥從屋頂往下滑向青樓之間的小路，閃過銀光攻擊後立刻衝往位於死角的方位。銀光的攻擊範圍確實廣大，但是既然對手只能掌握前方的敵人，自然能找出好幾種攻略法。

失去觀眾的機關人偶看向小路並連連轉動頭部尋找飛鳥，然而想要只靠肉眼來找回已經跟去的敵人是極為困難的事情。

發現無法確定觀眾會從哪個角度觀看後，展現出從任何位置觀看都沒有差別的技藝是身為表演者的堅持。

機關人偶揮動四肢宛如翩翩起舞，開始讓銀光射往周圍所有方向。

這些銀光攻擊銳利到旁邊妓院的頂梁柱被直接砍成兩半。
它的頭部急速旋轉並擺出陣勢，希望觀眾能好好欣賞這一生一次的精彩表演。
不愧是藝能的神靈，放出銀光的一舉手一投足都優雅地配合了節奏。如果是在華麗的舞台上演出，肯定能獲得觀眾的掌聲與喝采。
……然而很遺憾，這片鋪著瓦片的屋頂並不是表演舞蹈和技藝的舞台。
而是會讓付喪神的感傷成為致命要素的死地。
「——真的很可惜。下次見面時，希望能在舞台上相見。」
「！」
機關人偶帶著憤怒看向腳下，但是它慢了一步。
利劍從下方突破屋瓦形成的舞台，瞬間斬斷機關人偶的動力部位。
「嘰……嘰嘰——！」
機關人偶發出無意義的怪叫聲，機能也隨之停止。既然它把飛鳥當成觀眾，屋頂下方自然是思考的死角，也不能怪它疏於警戒。
飛鳥爬上屋頂抱起已經壞掉的機關人偶，輕輕嘆了口氣，幫它擦去身上灰塵。
「……我現在懂了，原來你不願意成為讓神靈憑附的媒介。畢竟一旦被供奉起來，就**無法展現自身的技藝**。」
「——……」

機關人偶的腦袋往下一垂，彷彿是在點頭同意。

成為被百太夫附體的媒介或許是很光榮的事情，可是比起這種光榮，它更想要能夠讓自身發揮所長的舞台。想必是這種意念具體成形，才會導致這次的失控事件。

飛鳥用梳子和手帕幫機關人偶整理好外型後，露出平常的開朗笑容。

「好，我會把你的想法告訴那些狐仙小姐，要讓她們知道……你認為自己還是現役，不想被神靈附身！」

看到飛鳥的笑容，機關人偶也露出笑容……起碼飛鳥覺得確實如此。

把機關人偶帶回去之後，飛鳥跟那位豪爽花魁狐激烈爭論了一番，好不容易才讓對方承諾一定會為了神靈媒介製作專屬的舞台。

過了一年——百太夫和活潑大小姐的故事成為在花街也蔚為話題的劇目，甚至還風靡一時。

不過，這又是另一個故事了。

*

遊戲結束後——

跟在花魁狐後面前進的飛鳥和阿爾瑪低聲討論起這次的事件。

「那個……阿爾瑪，我們真的可以領取報酬嗎？這次原本只是我中了激將法才進行的遊戲吧？」

「一開始確實是因為您中了激將法，但是關於遊戲報酬的部分我已經找了對方事先談妥。」

「……什麼？」

阿爾瑪促狹一笑。

沒聽說這件事的飛鳥一臉訝異。

「我相信就算自己什麼都沒說，主人您還是會主動牽扯上麻煩。多虧您的行動，我在提案要進行對等的遊戲時談判得非常順利。」

飛鳥大受衝擊，覺得就像是被鈍器狠狠敲了一記。

換句話說，「為了學習女性氣質應該前往花街」的建議有一半是謊言，誘導飛鳥參加牽涉到整個花街的遊戲才是阿爾瑪真正的目的。

發現自己根本被耍得團團轉的飛鳥抱住腦袋，滿心埋怨地瞪著阿爾瑪。

「雖然自己說這種話好像很奇怪……但我當初為什麼會跟這種隨從訂下契約呢……」

「哎呀這話真沒禮貌。不過鑑賞期已經結束，還是請您乖乖認命吧。」

阿爾瑪掩著嘴笑得非常俏皮。

飛鳥和阿爾瑪的契約內容其實極為單純。

只有「在箱庭創設新共同體，廣納各式各樣的修羅神佛」這樣的條件。然而為了達成這個契約，飛鳥必須離開「No Name」自行獨立。

這個契約對飛鳥可說是正中下懷。因為她原本就預定先待在「No Name」累積實力，將來再找一天自立門戶。

「總覺得好像被妳巧妙地拱上神壇……不過目前我自己還算樂在其中，倒也沒有什麼關係。」

「不愧是我的主人，您的寬大對應真是讓人喜出望外。」

兩人相視而笑，像是在享受一場惡作劇。

「看樣子妳對這次的事情也做了一些安排，我差不多想知道具體的狀況了。我的優秀隨從是想要獲取什麼報酬才來到此地？」

「當然是為了尋求主權戰爭的出資者。」

聽到這個答案，飛鳥並不感到意外，只是靜靜地點了點頭。

在阿爾瑪提議要前往北區「階層支配者」……「鬼姬」聯盟的勢力範圍時，她已經隱約察覺這個目的。不過阿爾瑪卻搖著食指，換上別有深意的笑容。

「『鬼姬』聯盟當然是強大的共同體，不過我的目標還包括另一個共同體。畢竟規則上並沒有限制參賽者只能爭取單一出資者的協助。」

「是那樣沒錯，可是出資者那邊沒有所謂的不成文規定嗎？」

如果參賽者同時接受兩個共同體提供的資金和支援，等於是對雙方都做出背信棄義的行為。萬一事情曝光，恐怕所有出資者都會因為丟了面子而氣得撤回支援。

「沒錯。但是當出資者之間擁有強大的橫向連結或是原本就屬於上下關係時，自然可以另當別論。我們這次前來此地的目的，主要是為了向這個花街的支配者提出請求，拜託對方把我方引薦給監視『鬼姬』聯盟的共同體——也就是日本的政府機構『陰陽寮』。」

——「陰陽寮」？飛鳥不解地歪了歪頭。

陰陽寮

那麼，接下來我想開始針對
箱庭裡的「陰陽寮」進行說明，
準備好了嗎？

當……當然好了。

「陰陽寮」擁有兩種面貌。
第一種是負責降妖伏魔和驅除疫病等工作，
也是傳記故事裡著名的形象。
另一種則是身為國家公務員的立場，
也就是負責觀察天文和推算曆法等職責。

所以表面上是公務員，私底下則是
作為守護都城的陰陽術師去活動嘍。

就是那樣沒錯。雖說基礎來自大陸，
但是陰陽道被視為在日本建立的概念，
時期是九世紀後半～十世紀前半。
換句話說，這是歷史悠久的組織，
已經存在了一千年以上。

一……一千年以上……！

嘻嘻，很高興您稍微了解陰陽寮的高明之處。
在相關事蹟中，
最有名的應該是安倍家和玉藻前的對立。
連我也聽說過那是一場即使歷經千年，
也仍然在外界繼續傳頌的大戰。

不過陰陽寮明明是降妖伏魔的共同體，
為什麼和「鬼姬」聯盟有關係？

那是因為「鬼姬」聯盟的成員中，
有半數是協助「陰陽寮」的妖怪們。

所以「陰陽寮」是
人類和妖怪共存的共同體……
那麼厲害的共同體
會願意成為我們的出資者嗎？

這就要看主人的表現了。
我想必定沒有那麼容易，
小心謹慎地行動吧。

看到飛鳥的反應，阿爾瑪露出大吃一驚的表情。

「咦……主人，難道您不知道『陰陽寮』是什麼嗎？那可是到明治二年都實際存在的日本政府機構之一。」

「歷……歷史上真的有過和陰陽師有關的正式組織？」

「不只有過組織，要知道陰陽師其實是保護國家的公務員！」

「真的嗎！」

這回答讓飛鳥大吃一驚。

阿爾瑪判斷這下必須從頭好好說明一番，決定利用移動的時間向她講解「陰陽寮」的歷史。

聽了「陰陽寮」歷史的飛鳥半張著嘴頻頻點頭表示佩服，也藉此了解「鬼姬」聯盟成立的過程。

「所以說『鬼姬』聯盟其實是隸屬於『陰陽寮』的鬼姬們，和出生於極東的妖怪鬼姬們攜手建立的聯盟共同體嗎？」

「是的。我們接下來要拜見的人物是『鬼姬』聯盟中掌管『陰陽寮』勢力的領導人，請千萬不要做出失禮的言行。」

一行人到達豪華走廊的最深處。

眼前的拉門在優美笛音中開啟，一位擁有金色尾巴的美麗狐狸女性有氣無力地斜躺著迎接兩人。

「哎呀……實在是讓兩位久等了。聽說是妳們幫忙阻止了那個在花街鬧事的機關人偶，真是感謝。」

「萬不敢當。追根究柢來說，那也是我方中了激將法才開始的遊戲。很抱歉我方主從的態度都有所冒犯。」

阿爾瑪代表兩人回話。

「哎呀，怎麼這麼拘謹？我不喜歡如此鄭重其事的態度，希望妳可以再放鬆一點。那邊的人類小姑娘也一樣，妳大可不必那麼緊張。」

「是……是嗎？那麼我就稍微放鬆一點了……」

「嗯嗯，自從身體出了狀況，每個人都見外到讓人受不了。只有我必須忍受寂寞……嗚！」

臉上掛著優雅微笑的金色妖狐說到一半，突然很痛苦地咳了起來。看到她嘴邊略有血跡，飛鳥和阿爾瑪不由得變了臉色。

「對……對不起，如果您不舒服，其實不需要如此勉強。」

「我方在您玉體違和時提出拜見請求，真是萬分過意不去。還是改日再來拜訪……」

「別在意別在意，小姑娘就是那個飛鳥妹妹吧？看過莉莉的來信後，我一直很想見見妳。」

這出乎意料的名字讓飛鳥和阿爾瑪不由得面面相覷。

金色妖狐提到的「莉莉」應該就是「No Name」成員的狐狸少女莉莉。

「哎呀，妳們果然不知道嗎？莉莉的祖先以前曾經擔任我的『禿』(Kamuro)。結果卻有個東方的大狐對她一見鍾情，兩人演了一齣跟私奔沒兩樣的逃亡大戲！後來差點演變成北區與東區的嚴重衝突，幸好有『No Name』的金絲雀妹妹出來仲裁。」（註：「禿」是跟在花魁身邊負責處理雜事，並學習相關事務的小女孩）

「原……原來如此，看樣子『No Name』真的是個歷史悠久的共同體。」

「可是我聽說過莉莉的祖先是『宇迦之御魂神』的狐使女官，換句話說她持有神格。既然您可以讓那樣的人物擔任女侍，那麼推測您本身也是著名的擁有神格者是否妥當呢？」

阿爾瑪提出更深入的疑問。

飛鳥以略帶指責的眼神看了她一眼，金色妖狐卻沒有因此感到不快，只是嘻嘻笑了起來。

「這個嘛……妳想知道我的身分？飛鳥妹妹怎麼看呢？」

「我……我嗎？」

突然被點名的飛鳥指著自己，顯得滿心困惑。

她明白對方其實是有意戲弄，問題是我方表現出的反應肯定會讓金色妖狐的態度隨之改變。

只是無論思考多久，飛鳥也無法猜出正確的名字。

反正一定會講錯，她只能盡量舉出高階的存在。

飛鳥雙手抱胸煩惱了大約三十秒，才豎起食指極為認真地回答。

「您擁有多根如此漂亮的金色尾巴……又是能夠統率日本眾多妖異的大妖怪……所以我直接推測，您是不是那位有名的九尾妖狐『玉藻前』呢？」

「啊哈哈，小心我把妳大卸八塊喔？」

金色妖狐笑著放出怒氣，一句話就劈開了周圍的三片屏風。

飛鳥整個人瞬間僵住，臉上表情也完全繃緊。

她察覺自己好像踏中讓先前友好氣氛瞬間消失的大型地雷，卻欠缺訂正自身發言的正確知識。

看到飛鳥冒出大量冷汗動彈不得的模樣，阿爾瑪只能嘆著氣往前一步。

「我家主人誤有冒瀆，望乞恕罪。若是無妨，能不能由我來回答這個問題？」

「嗯，可以是可以，但是西洋的山羊姑娘會知道我的名字嗎？」

「這是當然。擁有神格，與『陰陽寮』關係密切，也和『宇迦之御魂神』互有關連……符合以上條件的人物所剩無幾。我想……您是不是那位出名的童子丸，也就是『安倍晴明』的尊堂——狐使女官『葛葉』大人呢？」

哎呀呀？金色妖狐驚訝地拍了拍手。

飛鳥也露出恍然大悟的表情，臉色整個發白。

「葛葉」是大名鼎鼎的安倍晴明之母，雖然並沒有被立像祭祀，依然是著名的「宇迦之御魂神」的神使兼大狐妖。

聽到這個回答，金色妖狐的心情明顯好轉許多，看來阿爾瑪精彩地抽中了頭獎。飛鳥繼續冒著冷汗，阿爾瑪則是以嚴厲的視線怒瞪主人。

（明明給了那麼多的提示卻還能弄錯答案，腦袋裡到底是在想什麼？九尾狐狸是**被陰陽師打倒的敵人**！這次前來拜見的大人卻是「陰陽寮」的一**分子**！我剛剛不是才說明過這些事情嗎！）

（對……對不起……！）

飛鳥根本無言申辯，只能把身子縮得更小。

有能力擔任宙斯奶娘的阿爾瑪特亞和飛鳥訂下契約時，還提出了另一個條件。那就是在飛鳥能夠獨當一面之前，她必須聽從阿爾瑪的教導。

只有在阿爾瑪傳授知識和給予提示時，兩個人算是師徒關係。

關於安倍晴明的母親，神使「葛葉」畢竟是先前教導過的內容，也難怪阿爾瑪如此嚴厲斥責。

葛葉豎著狐耳聆聽師徒的對話，優雅地輕笑起來。

「抱歉啊，飛鳥妹妹。初次見到我的人總是會把我和玉藻弄錯，讓我忍不住想要鬧點情緒。」

「不……是我這邊多有冒犯。安倍家和玉藻前互為宿敵是很有名的故事，我其實也聽說過。被人當成自己兒子的敵人，您想必會非常不快。」

「妳能明白就好……嘻嘻，飛鳥妹妹果然一如傳言，是個戲弄起來很有趣的孩子，山羊姑娘可要好好栽培她喔。」

「當然，我就是為了享受這種樂趣才跟她訂下契約。」

阿爾瑪握起拳頭如此強烈主張。

飛鳥知道自己被搶白了一番，現在卻不是回嘴的時候。

她只能在內心深處鄭重發誓，總有一天要成為面對這兩人也能為自身辯駁的人物。

＊

「那麼回到正題吧……關於此次的報酬，我們想麻煩葛葉大人成為我方和『陰陽寮』之間的牽線人。」

「嗯……換句話說，妳們是希望我跟童子丸先打個招呼嗎？」

飛鳥和阿爾瑪有點訝異地看了看彼此。

童子丸是安倍晴明的乳名。

「如……如果您願意那樣做當然對我方極有幫助……不過此舉是否妥當呢？安倍晴明大人

如今應該是肩負『陰陽寮』的擁有神格者。」

「嗯，這話也有道理。若是讓一個連根據地都沒有的小姑娘隨便就見到童子丸，說不定會導致那孩子被人看低……可是飛鳥妹妹這次幫了花街，以前也很照顧莉莉……唔……」

葛葉看起來頗為煩惱。

飛鳥和阿爾瑪原本只是希望百太夫這件事能成為一個契機，也準備再接受下一個考驗，現在的發展真是出乎意料。然而如果能立刻見到安倍晴明，自然是最好不過的成果。

只是急著做出結論並非好事。

而且葛葉的身體狀況似乎很差。

飛鳥正在煩惱是不是要提出改天再定案的提議，葛葉卻突然拍了拍手，似乎是找到了什麼辦法。

「對了，我想到一個好主意！我希望飛鳥妹妹成為北區第三個『階層支配者』的候選人，這樣就可以作為把妳們推薦給童子丸的理由！」

「咦？」

「明白了，請允許我們試試看。」

「等一下，阿爾瑪？」

葛葉突如其來的提議讓飛鳥嚇了一大跳，阿爾瑪卻立刻點頭應允，彷彿是不想錯過這個大好機會。

「階層支配者」畢竟是維持箱庭秩序的守護者，雖說長期以來都處於人才不足的狀態，獲得舉薦的共同體仍舊必須具備實力與善性。

飛鳥的善性毫無疑問已經展現出來，實力卻只能算是尚在發展途中。

「看妳處理機關人偶時費了一番工夫的表現，確實會讓人有點不安……但是飛鳥妹妹打倒了在南區作亂的幻獸，還在各處都受到感謝吧？再者除了山羊姑娘，妳似乎還擁有許多強大的同伴。既然同伴方面也頗有優勢，我認為妳們作為組織的能力和整體的綜合能力應該都十分足夠。」

「可……可是，那些並不是我本身的力量……！」

「沒錯，至少我不是主人您個人的戰力……不過，迪恩和梅爾不一樣。他們都是主人自己爭取到的精銳老戰友，毫無疑問是您的『實力』。因此考量到這些部分，您的戰鬥能力已經達到夠格擔任『階層支配者』的標準。」

「……阿爾瑪。」

兩人再次強烈鼓勵飛鳥成為「階層支配者」，嚴格的評價裡可以聽出她們的真正想法。飛鳥幾乎心生膽怯，她卻不是那種被人推薦至此還有意推辭的怯懦之人。

而且在遙遠的東方，好友春日部耀一個人扛起了「階層支配者」的職務。為了讓自己在下次見面時能夠充滿自信地抬頭挺胸，飛鳥心想或許該在這裡接受舉薦自己擔任「階層支配者」的提案。

「我……我明白了，在此鄭重接下保舉我成為『階層支配者』的推薦。」

「就是要這樣才對♪那麼在正式提案之前，我要設下幾個條件——」

——如此這般，久遠飛鳥獲得推薦，成為「階層支配者」的候選人，也被要求必須達成幾個條件。

一、日日精進，取得符合「階層支配者」立場的舉止與實力。

二、在太陽主權戰爭中突破第一戰。

只有在達成這兩項條件的情況下，才會任命久遠飛鳥成為「階層支配者」——

＊

「——總而言之，就是發生了以上的事情。」

「「「「哦哦哦，原來如此原來如此。」」」」

「……什麼時候變成這麼多人！」

逆迴十六夜和春日部耀都在飛鳥敘述自身經歷的途中到達此地，正充滿感慨地看著對方連連點頭。

春日部耀更是開心到雙眼放光，握起久遠飛鳥的手如此說道：

「恭喜妳，飛鳥。這下我們兩個都是『階層支配者』了。」

「謝……謝謝，不過我這邊應該暫時都算是實習身分，或許要麻煩春日部小姐幫我很多忙。」

「沒問題，到時候我會把所有工作都丟給十六夜，自己趕過去幫忙！」

「喂喂給我等等，妳先好好想一下自己到底是哪裡的領導人，春日部。」

「這句話我要直接還給十六夜，別以為你可以一直逃避經營共同體的工作。」

耀用力把頭轉開，直接鬧起脾氣。

在場的其他女性也紛紛點頭同意她的意見。

十六夜發現寡不敵眾，只好主動改變話題。

「話說回來，大小姐妳之前提過『能和外界聯絡的出資者』，該不會就是所謂的『陰陽寮』？」

「對，沒錯。『陰陽寮』表面上已經在明治二年廢除，實際上卻成為日本的祕密組織並繼續活動。在十六夜的時代應該有名為『陰陽課』的祕密組織吧？」

聽到這句話，十六夜臉上滿是前所未見的強烈好奇神色。

日本政府裡應該不存在的祕密組織——「陰陽課」。

光是名稱本身就足以勾起他的好奇心，更何況這樣的組織似乎還存在於十六夜原本的世界裡，要他如何能不在意？

「真是讓人期待。如果妳到了外界要和那個組織的人物見面，希望可以讓我陪同。」

「可以是可以，但是情報可不會給你喔？」

「我知道我知道，這只是單純的好奇心——好了，新的紅茶來了，趕緊趁熱享用吧！」

「Ian～term♪」

會走路的提燈們咔鏘咔鏘地把紅茶送了過來，為大家倒好紅茶。

於是六人開始談論這三年來發生了哪些事件，彼此又打響了什麼樣的英勇名聲。

之後的幾天，十六夜、黑兔、飛鳥和耀等四人按照這個順序，輪番安排休假與負責處理共同體的事務，也趁此機會重溫睽違三年的交情。

逗留了大約一星期之後，飛鳥和十六夜啟程離開「No Name」，再度展開行動。

外界──「Everything Company」的第二大樓。

當晚暴風雨來襲，鐵灰色雨雲和黏膩的空氣讓人印象特別深刻。

急驟強勁的狂風轟隆橫掃，不但吹倒了路上的招牌，還帶起磚塊去壓壞了原本整齊的花壇。迎風冒雨而全身溼透的兩個人影──來自陰陽課的男子們確定眼前建築物是目的地「Everything Company」的第二大樓後，前去櫃檯找接待小姐表明了自己的身分。

「不好意思，我們來自警視廳，叫做角田彰吾與土御門信平。今天是久藤彩鳥小姐找我們過來，請問現在該往哪裡走？」

「彩鳥大小姐的客人──好的，我這邊有紀錄，要麻煩兩位前往十五樓的會客室。」

兩名男性被帶往梯廳後，放鬆般地呼了一口氣。

「哎呀，這雨也下得太大。」

「沒錯，要不是找我們的人是彩鳥大小姐跟釋天，我絕對會拒絕赴約。」

「對！我就是想問清楚這件事！『Everything Company』的千金也就算了，那個叫釋天的傢伙到底是誰？陰陽課專門處理靈異事件，能直接聯絡上我們的人物應該不多吧？」

比較年輕的便衣刑警——陰陽課的土御門信平對前輩角田彰吾提出了這樣的疑問。

角田彰吾抓了抓頭，思索了一下該怎麼回答才好。

「這個嘛……你聽說過『護法神十二天』這個組織嗎？」

「『護法神十二天』？是那個傳說中的自由特務公司嗎？」

「對，雖說取了個亂七八糟的名稱，他們卻是個採用少數精銳制度，在日本內外都很吃得開的組織。我就老實告訴你吧，聽說咱們這個陰陽課之所以會在相隔一百四十年後又再度復活，原因其實就出在那些人身上。」

聽了上司角田彰吾的說明，土御門信平忍不住皺起眉頭。

「……那還真是厲害，所以他就是命令我師父重建陰陽課的人物？」

「算是那樣沒錯。他們雖然偽裝成民間組織，成員卻絕對不是人類。我甚至認為釋天應該是哪個著名神靈或神明的化身，今天會見到的傢伙肯定也不是什麼正經玩意兒。」

角田彰吾從溼掉的公事包裡拿出資料。

土御門信平看起來對先前那番話沒什麼實際感覺，只是搔著腦袋勉強擠出乾笑。

「真正的修羅神佛嗎——對現在的我而言，那都是一些不需要大驚小怪的事情。先不說我的師父基本上就是個怪物，導致我涉入這世界的那兩人更是不可名狀的怪物。」

「不愧是陰陽課唯一的實戰部隊，果然特別有膽量。」

「這什麼話，所謂**部隊**只不過是空有名稱，實際上卻是讓我一個人在日本各地東奔西忙吧？」

嘴角不斷抽動的土御門信平忍不住語帶諷刺地抱怨了幾句。

角田彰吾的立場算是他的上司，現場的指揮和活動卻由土御門信平全面負責。但是土御門信平實在過於年輕，因此才安排即將屆齡退休的角田彰吾跟著幫忙打點一些事情。

「哼，別忘了我要不是認識了你，根本不需要知道世界上真有靈異存在。那可是我一點都不想面對的真相，搞得我現在到了晚上還是不敢放開老婆的手。」

「嘖！你們夫妻倆還是這麼恩愛！聽了就讓人火大！這邊可是從高中畢業以後就忙著拚命進修又得應付地獄般的修行，根本沒機會接觸女性！可惡！我也很希望自己高中時代沒認識那些傢伙啊……！」

土御門信平不甘心地狠狠咬牙。

電梯正好在這時到達十五樓。

在接待小姐的引導下來到會客室後，角田彰吾點燃一根菸，以好奇的眼神看向土御門。

「我從之前就一直很想問你，促使你加入陰陽課的原因到底是哪裡的哪個人？」

「嗯？我沒跟角田先生說過嗎？」

「沒說清楚過。聽你的口氣似乎有男有女，我只能肯定是兩個人以上……對方是人類嗎？」

「是人類。雖然不是一般的人類，但毫無疑問是人類沒錯。」

土御門信平很明確地針對這點立刻回答。

也點起一根菸的他突然打了個哆嗦，就像是連回想都忍不住害怕。邊嘆氣邊吐出一口煙之後，土御門以彷彿在提起宿敵般的態度說出了兩個名字。

「——逆廻十六夜和金絲雀小姐，他們就是把我牽扯進這個業界的人。」

「什麼？」

「簡而言之，叫做逆廻十六夜的傢伙是我就讀高中時的學弟！當初要是沒去招惹逆廻，就不會認識金絲雀小姐；如果不認識金絲雀小姐，就沒有機會接觸師父！換句話說！即使認定逆廻那混帳是導致我被牽扯進這個業界的罪魁禍首也沒有錯！該死都是那傢伙害我的！」

土御門信平凶神惡煞般地吼出了滿肚子的怨恨。

看樣子他認為現在的慘狀全都起因於那個「逆廻十六夜」。

角田彰吾連連眨眼，想了一會兒才再度開口。

「逆廻十六夜嗎……感覺未免也太湊巧。」

「啥？」

「沒事沒事，是我這邊的問題。反正接下來還要再等一段時間，你若是方便，何不跟我多說一些關於那兩人的事情？」

「要講是沒問題，但是內容並不有趣。」

「怎麼可能不有趣。那兩人可是讓陰陽課實戰部隊的唯一成員踏上這條路的元凶，想也知道肯定非常有趣。」

角田彰吾連聲催促，臉上還掛著一抹賊笑。

土御門信平不由得有些火大，不過很快又恢復冷靜，決定熄掉手上的香菸。

畢竟那是高中時代的往事，回想時難免會多花一點時間。

最後他把整個身子都靠到沙發的椅背上，開始聊起生涯的宿敵——名為「逆廻十六夜」的人物。

Last Embryo

——六年前的春天。

我就讀的學校裡有一個跟怪物沒兩樣的學弟，他的名字叫做逆迴十六夜。

怎麼說，因為這傢伙是個古怪的新生，有一段時間引起了很多傳聞。

有人說，新學期一開始他就突然跑來參加轉學考試還滿分過關。

又有人說，結果轉學進來以後他本人卻很少在學校出現。

還有人說，碰上他的機率跟發現傳說生物「槌之子（Tsuchinoko）」的機率一樣低。

問題是不管哪間學校，都會有高年級生把這種太搶鋒頭的新生視為眼中釘，當年的我和我的跟班小弟們也不例外。

畢竟我們可是最老資格的三年級生。

多虧那些礙事又沒大腦的煩人學長們全都滾蛋了，接下來一整年都可以為所欲為。

結果卻來了個新生搶走所有話題，這下怎麼可能輕易放過他？

所以我們就在放學後把那小子找了出來。

要求他如果今後還想安全上學，最好乖乖前往校舍後面赴約。

……

…………

…………

現在回想起來，那就是一切災難的起源。

槌之子？雪人？秋田的生剝鬼？大江的南蠻鬼？

不不不，作為親身體驗到那傢伙究竟多麼恐怖的當事者之一，我深深覺得所謂傳說中的生物其實還有討喜之處。因為無論那些東西再怎麼可怕，他們仍舊沒有造成實際上的危害。

然而那個傢伙——逆廻十六夜卻不一樣。

遭到高年級生點名的囂張新生不但興高采烈地接受了我們的挑釁，還以踢足球般的隨便動作把學校的牆壁給一腳踢穿。

這一腳讓我的跟班嚇到腿軟，我本身也看出他沒有使出全力而嚇得直打哆嗦……算了，即使是到了現在，我依然無法理解那傢伙為什麼能辦到那種事情。

被一年級小鬼瞧不起雖然讓大家都氣憤難平，我本人卻沒有蠢到還想繼續跟這種能夠一腳踢破混凝土的怪物發生衝突。

面對腳上簡直像是裝了炸藥的恐怖踢擊，要是有哪個人還能不以為意，請務必帶來讓我開開眼界。

至少我以外的傢伙全都嚇到尿褲子。

旁人或許把我當成據山為王的猴子，但我要說自己作為學校老大並非虛有其表，最起碼知道什麼人是真正危險的傢伙，哪個人又是惹不起的對象。

畢竟不主動惹事就不會出事。

既然逆廻十六夜本人並不打算積極地和我們有所牽扯，彼此井水不犯河水是最好的選擇。

不良集團派系鬥爭之類的老派行事早在兩年前已經分出勝負，最近的情勢相當平穩。我到畢業前都想過著安穩日子，沒空去招惹那個會走路的炸藥。

那傢伙是引信一旦點燃，沒把眼前所見全燒成一片焦土就不會甘心的人種。

身為不良少年的危機管理能力不斷如此警告我。

以結果來說，這種直覺在後來被證明並沒有錯……

……不過，當時的我並沒有徹底理解。

那個叫做逆廻十六夜的傢伙，其實是個比炸藥危險數百倍的存在。

＊

——那次碰面之後過了三天，發生一個事件。

我得知經常和我們成群結黨的二年級學弟——篠原辰也突然下落不明，還從他同學的口中探聽到不太妙的消息。

「辰也？那傢伙昨天瘋狂抱怨一年級有個讓他看不順眼的小鬼。」

……

…………

…………真的假的？

聽到這句話，我不由得抱住腦袋。

明明我再三吩咐下面的人絕對不能去招惹那個一年級，這個笨蛋居然不到三天就把我的話當耳邊風？

「哎呀，畢竟那傢伙真的腦袋空空嘛。聽說他整天忙著打工搞到出席日數都快不夠了，卻從來不曾借錢給我，可見一定是把錢花在什麼蠢事上面，果然是個笨蛋。而且就算一天到晚缺錢，找人恐嚇時卻只會針對那些在其他學校瞎搞的同類型笨蛋下手，是把自己當山賊了吧！……啊，對了，講到錢讓我想到一件事，辰也說過他找到一個好賺的打工機會。」

「打工機會？」

「嗯，他說是一個只要負責運送地圖照片和ＵＳＢ的簡單工作，還說是身為校友的哀川學長找他幫忙。」

校友哀川——聽到這名字的我忍不住狠狠咂嘴。

這傢伙是在前年因為牽涉到暴力事件而被退學的學長之一。聽說他現在和真正的黑道往來，是個危險人物。

萬一辰也的失蹤真的牽涉到什麼犯罪事件，我想比起那個一年級小鬼，哀川帶來的麻煩事顯然更有嫌疑。

「我順便問一下，你知道辰也負責運送的照片是什麼內容嗎？」

「嗯，因為他用手機翻拍還傳給我看。要傳給你嗎？」

「麻煩了……是說辰也那傢伙，居然把這種危險物品到處傳給認識的人？」

「啊哈哈～因為那傢伙真的很智障！就算他哪天在大家都沒注意到的時候突然掛了，說起來好像也沒什麼好奇怪！」

這話確實沒錯。

總之，我決定跳過哀川，先去探探那個一年級小鬼的口風。

＊

……話雖如此，老實說我真的很不想跟他扯上關係。

不定時出沒學校的狀況也讓人難以接受。
畢竟對方跟槌之子一樣都是傳說中的生物。
堵在家門口攔截或許是比較好的做法，但是像他那種類型，直接殺上門去搞不好會導致他翻臉翻得更不留情面。
如果真要見面，裝成偶遇才是最理想的手段。
根據傳聞，這個一年級小鬼似乎經常前往某間兒童福利機構。
所以埋伏在那間兒童福利機構附近想必是最有效率的——

「——什麼啊，怎麼又是你。」

突然被人搭話的我一邊驚叫一邊往後跳開。
居然這麼快就被他發現。
明明我才剛在兒童福利機構附近的便利商店找了個位子坐下卻馬上暴露行蹤，看樣子自己的惡運確實很有效果。
只見目標的一年級小鬼——逆廻十六夜提著裡面裝有大量商品的超市塑膠袋站在旁邊。
而且袋子裡的咖哩塊多到大概可以煮成幾十人份，讓我留下深刻的印象。
「我今天沒時間奉陪，已經講好煮咖哩的日子要回寄養之家。」

「……寄養之家？」

「就是那邊的兒童福利機構，算是我的老家……不過看你的反應，好像不知道我住在這裡？」

逆迴十六夜用懷疑的眼光看著我，看樣子他認為我只是湊巧來到這家便利商店。

嗯，也難怪這傢伙會那樣想。

其實這是來自我妹的情報，否則我本來並不清楚逆迴是在寄養機構長大……沒想到他似乎吃了不少苦。

總之，本身不喜歡拐彎抹角的我直接對逆迴講明辰也突然失蹤的現狀，也讓他看了辰也打工時拿到的地圖。

結果這傢伙換上跟先前完全不同的表情，很有興趣地開始研究起地圖。這種反應簡直像是發現獵物的貓。

……不，根本沒那麼可愛。

與其說他是貓，形容成「老虎獅子之類的猛獸正在思索如何破壞新玩具」反而更為貼切。

盯著地圖瞧了大約兩分鐘後，逆迴拉起嘴角像是注意到什麼事。

「噢，我想起來了。這個島是印度洋上的無人島。」

「印度洋？」

「形狀跟以前不同所以不怎麼好認，不過肯定是那裡沒錯，附近的孤島我也還有印象……

但是怪了，要是我的記憶正確，這個無人島應該是沒有任何資源的孤島。你說這些照片來自同校出身的小混混？」

「對，聽說那傢伙最近才回到這一帶，本校學生中有不少人被牽連進危險的買賣。其實我已經告誡過身邊的人，叫他們不要靠近哀川，但……」

「……哦？」

「……？你那是什麼表情？」

「不，我沒想到你這個番長還挺盡責，可敬可敬。來找碴的時候還以為你只是那種隨地都有的小混混頭子而已。」（註：「番長」是國高中不良少年對集團老大的稱呼）

講完這句話，逆廻十六夜才第一次正眼瞧我。

看來直到這個瞬間為止，他都沒把我當成值得花時間對話的人物。

如果是其他的一年級小鬼，我應該會教訓對方一拳，不過對這個傢伙動手只會慘遭反擊。

因此我裝作沒聽到他說了什麼，直接追問結論。

「簡而言之，到底是怎麼一回事？難道跟毒品之類有關？」

「不，既然他幫忙運送的東西是地圖和ＵＳＢ，就不會是毒品和槍枝等走私品。我想恐怕是某種情報，但對方並不是日本的黑道。假設內容真的如我所想，根本不是該找學生負責傳遞的東西。大概是交易對象也碰上了什麼問題，才會不得不那樣做……說不定連那個叫哀川的小混混也不清楚ＵＳＢ裡面到底存了什麼資料。」

「……你知道辰也的下落嗎？或者你是在推理案情？」

「沒那麼認真，只是覺得這件事可以打發一些時間。我先把東西放下來以後再奉陪一會兒，要是你也不知道該上哪裡找人，就去寄養之家的會客室裡等著吧。」

狂妄的一年級小鬼如此說完，揮了揮手示意我跟上。

雖然他的話一點可信度都沒有，但自己確實不清楚必須去哪裡找人。

既然這傢伙聲稱能夠只靠一張照片就找到辰也，乾脆就讓他表現表現。

*

……這種自以為了不起的狂妄想法只到此為止。

因為接下來的我充分體認到。

在這間叫做CANARIA寄養之家的兒童福利機構裡——除了名叫逆迴十六夜的怪物，還另有其他非比尋常的怪物。

*

到達CANARIA寄養之家的大門後，我拚命控制沒來由就抖個不停的身體。

眼前是漆成白色的外牆與橫向開啟的鐵門。

看起來約有學校一半大小的這間機構裡住著上百名少年少女。

聽說這裡專門收容無人願意接手的棄兒，說不定會出現充滿悲愴感的小孩。為了不輸給他們，我決定裝備上最強的笑容攻入室內。

「是十六哥！十六哥回來了！」

「大夥快上啊！」

「目標是咖哩塊！」

咚咚咚砰砰砰！伴隨著宛如地鳴的聲響，一大群小孩湧了上來。

以為自己碰上一大群小山豬的我不由自主地往後跳了一步。

然而這些凶暴的小孩根本沒把我放在眼裡，而是直接撲向逆廻十六夜——手上的咖哩塊。

逆廻無視暴動的小孩繼續往前走，這些小孩卻不肯放開超市的購物袋。

最後形成一大群少年少女被逆廻拖著往前走的光景。

（……不，等一下，這傢伙打算拖著多少人？）

纏住他全身上下包括雙手、頭部、背後還有超市購物袋的少年少女隨便算起來都在三十人以上。

不管怎麼看都遠遠超過人類能夠負荷的重量，購物袋沒被扯破更是莫名其妙的現象。

「喂！你發什麼呆？會客室還要往裡面一點。我放下東西甩開小鬼們後就會立刻過去，你先到會客室等我。」

「咦！今天不是十六哥要陪我們玩的日子嗎？」

「明明吃咖哩的日子你都會陪我們玩啊！」

「我想跟之前一樣玩丟球遊戲！我來當球！」

「是說那個鬍子沒刮乾淨的傢伙是誰啊！」

嘎嘎嘎，一大群小鬼怒氣沖沖地瞪著我。

我當然不願意對小孩使用暴力，不過對方超過三十人的情況另當別論。

而且這些傢伙還紛紛從工具箱裡拿出扳手和鐵撬之類的工具。就算我樂意奉陪空手的小孩玩玩摔角遊戲，手持武器的三十個臭小鬼還是真的會讓人遭逢生命危險。

嘖，到底是誰讓他們學壞的？要知道連我都沒用過金屬工具。

犯人該不會是逆廻吧？那樣就說得通了，晚一點我要以學長的身分好好說教。

「——啊，對了！十六哥，今天丑松伯伯的太太也來了。」

「老爺子的情婦？是誰啊？」

「不是啦，是太太。有個超級大美女姊姊跟我們說：『情婦是不重要的其他人，正妻是唯一無二，你們要好好記住』。」

啥？逆廻發出似乎無法理解的聲音。

我也聽說過「丑松」這名字，記得是這一帶很有名的有錢人。

看樣子這個「CANARIA寄養之家」是靠著丑松這位老大爺的資助才得以維持。

要是讓贊助者的相關人士等待太久，說不定會影響到機構的將來。

……實在沒辦法，總不能一直拖下去。

「我幫你拿一半咖哩塊吧，要拿到哪裡去？」

解決這件事之後，必須趕快前往會客室。

*

從廚房出來的逆廻罵了聲「亂什麼亂」就一腳把小鬼們全部踢到旁邊去，開始往會客室移動。

你問我為什麼也一起前往會客室？

那還用說，當然是為了瞧瞧那個「超級大美女」。至於辰也的下落，等看過美女之後再討論也一定來得及。

我帶著半是期待半是看熱鬧的心情來到會客室前方。

……

…………

………………

……這一次，我真的打心底感到後悔。

自己應該在來到這裡之前就找逆廻十六夜問清楚辰也的事情，然後立刻去救他。

因為現在光是站在會客室外面，我就不斷反胃，身體也抖個不停。人生第二次的死亡威脅帶來逼人寒意，讓大腦上下震撼並引發了暈眩感。

自己根本不該來到這種地方。

也不該打開會客室的門。

必須立刻帶著機構裡的小孩逃離這裡才行。

然而逆廻十六夜那混帳卻毫無感覺，他直接打開房門，站到了那個怪物的前方。

＊

會客室的房門開啟後，可以看到裡面坐著兩名成人女性。

其中一人擁有醒目的金色短髮和親切笑容。

注意到我和逆迴之後，女性笑咪咪地揮了揮手。

但是發現女性的逆迴十六夜卻一臉覺得事情麻煩透頂的表情。

「喂，金絲雀，妳應該下星期才能出院吧？還是妳又偷溜出來了？」

「因為太想家所以我提早出院了，這次有取得院長的同意喔。」

「這不廢話嗎，笨蛋。妳要是再倒下我可不會幫忙。」

逆迴以手扠腰，沒好氣地回應那名女性。

畢竟對方身為長輩，他這種態度算是相當沒有禮貌。不過名叫金絲雀的女性卻只是笑著聳了聳肩，並沒有表現出感到不快的態度。

兩人的關係或許格外相熟。

逆迴原本還想再多說些什麼，卻因為注意到另一名女性而移動視線。

「……所以說，妳就是丑松老爺子的正妻？」

「沒錯，至於你是那個傳說中的十六夜少年吧？」

和他對話的人物是一名身穿華麗蝴蝶外套的黑髮美女，手上還把玩著沒有點燃的菸管。這個人想必就是少年少女們口中的「超級大美女」，從肩膀到胸口的身體曲線也確實很妖豔誘人。若是換成一般的高中生，肯定會因為不知道該看向哪裡而眼神亂飄。

由於她使用的關西腔有著奇特的口音，可以推測出這名女性大概不是在日本出生成長，說不定從哪裡學來的日文就是關西腔。

總之她的笑容雖然展現出明確的友好神色，雙眼深處卻藏著意圖評價逆廻的感情。

「哼……我沒聽說過丑松老爺子已經結婚的消息……」

「因為我家那口子性格極度乖僻，明明已經登記了，但是他似乎不願意公開。為什麼呢？」

「這還用說，一旦公開已婚的事實就不能在外面亂來……」

「好了十六夜小弟，不可以再說下去了。」

金絲雀笑著阻止逆廻繼續發言。

逆廻也聳了聳肩結束這個話題。

「算了，畢竟丑松老爺子是咱們機構的最主要贊助者，今天還是先表示歡迎。」

「嗯嗯，很乖很好。反正我只是來露個臉，喝杯茶之後馬上……嗯？」

這時丑松夫人突然看向我這邊，還歪著頭似乎感到很不可思議。

「……那邊的少年是怎麼了？臉色這麼難看。」

「嗚……！」

面對她擔心的眼神，我不由自主地轉開視線。

實際上自己並非是在觀察丑松夫人的臉。讓我一直無法移動目光的東西，是她頭上——某個根本不該存在的物體。

我本來以為逆迴也有所察覺，他卻完全沒有表現出該有的反應。明明擁有那麼誇張的力量，沒想到這傢伙居然不屬於這一邊。

就算在老家，我也不曾看過靈格強大至此的妖物。或者該說，這種東西怎麼可能會在現世顯現？如果是一般人，恐怕連共處於同一個空間都辦不到。

全身冒著冷汗牙關也不斷顫抖的我再度看向丑松夫人的頭上。

分開她一頭柔亮黑髮的物體——確實是凶惡到根本沒有機會看走眼的鬼神之角。

（真不敢相信……跟守護我家的鬼相比，靈格相差千倍！眼前的存在確確實實是真正的鬼神……！）

我的老家——土御門家是古老的陰陽師家系。

即使政府在明治二年廢除了「陰陽寮」，土御門家依然作為國家公認的陰陽師繼續活動，負責事前察知巨大災厄並提出警告。

然而土御門家已經不具備坊間傳奇小說裡的那種力量，頂多只會被委任一年祈禱一次以作為傳統行事的工作。

沒錯——至少在我和我妹妹出生前都是那樣。

「……嗯？少年，你該不會可以看到我的這個（角）吧？老實說來？」

「——嗚……啊……！」

對方的發言化為言靈，迅速控制住我。
雖說只抵抗了短短一瞬，卻已經稱得上是奇蹟。
丑松夫人的動作看起來是在摸著瀏海，實際上卻是摸著頭上的角。
一旦老實回答自己能夠看到，不知道會有何種下場。
我正在拚命抵抗，叫做金絲雀的女性很快介入我們之間，用力地拍了拍手。
「對了，十六夜小弟，能不能麻煩你領著丑松夫人在我們機構裡參觀一下？」
「啥？為什麼要我……」
「拜託了，看樣子丑松夫人的服裝對這名少年太過刺激。而且她本來的目的好像就是為了見你，花點時間跟她聊一下吧？」
金絲雀合起雙手連連請託，還對逆廻十六夜眨了眨一邊眼睛。
逆廻只好很不情願地帶著丑松夫人離開會客室。
在擦身而過之際，丑松夫人在我的耳邊低聲說道：
「你的眼珠子——看起來很可口呢。」
「——嗚……！」
全身上下都一口氣噴出大量冷汗，連自己都無法理解為什麼沒有昏倒。
恐懼感翻攪著五臟六腑，當身後的房門終於關上時，一直死命掙扎的我也隨即屈膝跪下。
叫做金絲雀的女性慌慌張張地跑向我身旁。

「抱歉嚇到你，我沒料到竟然有人類能看穿大姊的人化之術。」

「那……那麼，果然妳也看得到……？」

「當然。不過你放心，契約已經約束她在我看得到的範圍內都不會為惡。所以我絕對不會讓她危害你，也會保障你的安全。」

明明這句話沒有任何根據，我卻覺得自己因為這句話而逐漸恢復生氣，也基於本能判斷這名女性值得信賴。

被她拉著前往沙發上坐下還獲得茶水款待後，我決定把自身的來歷和來此的始末都全盤托出。

＊

「哎呀……這真是奇緣，沒想到土御門家的子孫居然和十六夜小弟相識。這世界真的是看起來很大實際上卻很小。」

金絲雀小姐喝著茶，似乎很感慨地連連點頭。

「而且我本來以為你要找我商量糾纏土御門家的靈障，結果卻是朋友失蹤的問題。好久沒有像這樣預測錯誤了。」

不知道為什麼，金絲雀小姐很愉快地看著辰也拿到的照片。

「請問妳說的『靈障』是指我的靈視能力嗎？」

「那**也算是**其中之一。你們土御門家源於安倍晴明，是歷史悠久的陰陽師家族吧？這種擁有特別血緣的人類，紛紛開始像你這樣因為隔代遺傳或其他原因而醒覺過來……這些人也被稱為覺醒者。」

「是……是喔，聽起來很像輕小說裡會出現的內容。」

「啊哈哈，確實很像。不過你擁有相當優秀的才能，如果是一般的術師，根本不可能一眼就看破大姊的角。」

「不，這種能力就算被人稱讚也沒什麼好高興。畢竟看得到卻不知道該如何對應，不就等於多看多倒楣嗎？」

「這話倒也沒錯，所以我本來以為你這次是要找我商量這些看得到的東西……嗯，這下傷腦筋了，你拿來的這張照片肯定和外國的黑幫有關，並不是靈障之類的問題。」

聽到金絲雀小姐這句話，我的體溫一口氣下降。

因為我原本抱著樂觀想法，認為如果是靈障方面，或許就可以交給這個人幫忙解決。

但是她為什麼只看一張照片就能推論出外國黑幫？

「嗯……說明這件事之前，需要一些基本知識。這是個問答小遊戲——你知道目前世界上需求量最大的消耗性資源是什麼嗎？」

「世界上需求量最大的消耗性資源」——唔，到底是什麼呢？

金銀等貴金屬雖然有需求，但消耗量沒那麼誇張；至於微量金屬（minor metal）和稀土金屬那類資源則是消耗量本身就不高。

水資源……與其說是消耗，應該算是以各種型態在世界中循環的資源才對。

「所以……所謂消耗量最大的資源——是木材嗎？」

「嘻嘻，很可惜猜錯了。正確答案是更常見的東西——『砂石』。」

「砂……砂石？」

「對，砂石。不過並不是單單一顆就有價值，而是需要幾百噸、幾千噸、幾萬噸……邁入高度經濟成長期的國家都在購買數量如此龐大的砂石。」

「可……可是砂石這種東西不是到處都有嗎？為什麼要大量購買？」

「哎呀，覺得砂石到處都有是一種偏見喔。開採大量砂石必須破壞國土，有些業者甚至會掏空島嶼導致地圖也得跟著改變。然而反過來說，只要取得大量砂石就能填平領海擴張領地，加工成混凝土後更可以建造出許多高樓大廈。所以邁入高度經濟成長期的國家近年來都找上能從國外進口砂石的『砂石黑幫』購買大量砂石。」

「……真的假的？」

「真的，這是最近才終於浮上檯面的事情。」

「嗯？如果從某個國家大量出口砂石，那個國家的領土不就會因此減少？」

「沒錯，換句話說這是將近合法的領土強奪行動。這張照片上的孤島是被砂石黑幫蠶食破壞的一個例子，ＵＳＢ裡或許記錄了砂石會被運往何處。」

這種規模遠遠超乎想像的大型竊盜事件讓我不由得大受震撼。

世界上大概有很多這種國家未能確實管理的孤島，但是一般的學生怎麼可能知道有人偷偷把某個孤島化整為零並變賣給其他國家。

「交易對象是日本企業這點也讓我覺得很不可思議。畢竟日本有很多山岳地帶，想來還可以找到適當的地區開採砂石。除非有哪個日本企業正在建造不願意讓任何人察覺的未知巨大設施，那樣自然又另當別論。」

「原……原來如此。那麼，請問妳知道辰也的下落嗎？」

「這個……我認為他恐怕已經被殺了。」

「嗚……！」

「因為他不是把這張照片散布出去了嗎？要是站在黑幫的立場，等於是絕對不想外流的情報被他洩漏給不特定的多數人，你不覺得他們很可能會為了報復而取你朋友的性命嗎？」

聽到金絲雀小姐毫不在乎地議論辰也的生死，我憤怒地瞪著她。

然而她的發言其實很有道理，把辰也抓走的傢伙們當然沒有理由留他活口。要是我繼續追究，說不定連自己和其他同伴也會遭受波及。

「就是那樣。關於你本人，我想十六夜小弟應該會保護你……不過我無法保證其他人的安危，畢竟他們已經看過照片。所以在這裡收手應該是比較安全的選擇，或者那個叫辰也的孩子是值得你賭上性命的重要朋友？」

……

…………

………………

「辰也……辰也他是個笨蛋。」

「嗯，然後呢？」

他是六人兄弟中的長子，總是為了支撐家計而拚命打工。而且為了照顧五個兄弟，他寧願犧牲和我們一起玩樂的時間。

就算做出恐嚇行為，也只是被找碴而報復。除此之外，他從來不曾勒索過一般學生。其他同伴雖然也常常抱怨辰也是個笨蛋，只會把錢都花在家人身上，還有雖然埋怨要找他出來玩都約不動……卻都是一些沒辦法狠心丟下他的傢伙。

就像現在……不只我一個，其他人也忙著到處尋找辰也的下落。

「是嗎……那麼，你打算怎麼辦？」

「金絲雀小姐剛剛這樣說過吧？辰也因為散布照片而遭到報復，拿到照片的我們也有危險。」

可是我目前沒事，也完全沒收到哪個同伴失蹤或是遭人危害的消息。

換句話說，那些傢伙是不是還沒從辰也口中問出關於我們的消息？

所以在辰也老實招供之前，他是不是有機會保住一條命？

「……嘻嘻，實際上如何呢？說不定他早就全部招認也被處理掉了喔？」

「辰也不是會出賣同伴的人！」

「——你願意保證？」

當然！我重重點頭。

於是金絲雀小姐收起原本的嚴肅表情，回過身子拿起外套，還對我眨了眨一邊眼睛。

「也好，既然你把話講到這種地步，我倒也願意幫這個忙。」

「真……真的嗎？」

「當然是真的。不過我要提出幾個條件，沒問題嗎？」

「是的！如果有我能辦到的事情，什麼都可以吩咐！」

「哎呀，不可以隨隨便便就答應別人『什麼都可以』，尤其是面對檯面下人士的時候。」

金絲雀小姐嘻嘻一笑，好心告誡了我一番。

我覺得不太好意思，只能搔著腦袋點了點頭。

「首先是第一個條件，為了讓你充分掌握自己的力量，我要你去找某個人拜師。這是為了抑制你罹患的靈障，也是為了你自身的安全。」

「咦……真的可以嗎？」

能拜師對我來說是如願以償。

「嘻嘻，剛剛那只是前提，真正的條件是……如果將來有一天十六夜小弟真的碰上什麼麻煩，我希望你能稍微助他一臂之力。」

希望我幫助逆廻？

可是……我有機會幫助他嗎？

那傢伙腦袋靈光，能力也強。搞不好我反而會拖累他。

「真的變成那樣就到時再說吧。其實我很想親自幫助他，但是當那孩子真正遭遇困難時，**我應該沒辦法陪伴在他的身旁**。」

……

…………

………………

「我明白了，能辦到的事情我都會盡力去做。」

「謝謝你——好，這下我突然有幹勁了！先去找十六夜小弟，然後去帥氣懲罰一下惡人吧！」

「咦——要……要找那傢伙一起去嗎？」

「沒錯，那孩子一定會興高采烈地加入……啊，不過你要小心點，因為那孩子**不會察覺**你的靈障和大姊的來歷。要是你主動對十六夜小弟提起這些事情，我會連你一起教訓喔♪」

金絲雀小姐面帶笑容，用手指擺出開槍射擊我的動作。

這種看不出年齡的俏皮行動與豁達個性深深打動了我的內心——然而事後仔細思考，當初肯定只是一時昏頭。

接下來的事情其實沒什麼好說。

逆迴十六夜的好奇心在得知事件詳情後整個爆發，再加上精通黑社會內情的金絲雀小姐安排了掩護行動，最後我們在危急之際成功搶救出辰也。

……至於辰也受到多少拷問就略過不提了。

直接跳到結果，那就是辰也無論承受什麼刑罰，他都堅決不肯出賣我們。

雖然身上各處都留下後遺症，但是辰也後來前往金絲雀小姐介紹的醫院接受治療，聽說現在已經能正常工作。

幾年後得知金絲雀小姐已經過世時，我受到了連自己都覺得驚訝的嚴重打擊……不過，我還是相信自己當時的心動反應只不過是一種錯覺。

逆迴十六夜在事件的一年後下落不明，後來我再也沒見過他。

要說心裡還有什麼遺憾，自然是當年和金絲雀小姐約定的承諾。雖說我打從一開始就認為逆迴十六夜根本不需要別人幫忙，但是一想到自己這輩子再也沒有機會履行諾言，果然還是會感到難受。

＊

土御門信平熄掉第三根香菸，似乎頗為懊悔地瞪著窗外的風雨。

「……導致我進入陰陽課的契機就是這麼一回事。金絲雀小姐希望我能『助十六夜小弟一臂之力』，而我判斷有些事情只有待在這個部門才能辦到，所以勉強待在這個爛到沒救的部門堅持至今。」

「也就是說……你之所以留在這個超黑心的部門持續奮戰……」

「沒錯，並不只是因為遵從師父的指示。但是遲遲無法查明關鍵的逆迴十六夜到底身在何處，讓我也無法確定自己該前往哪裡，只能一直待在這個部門原地踏步……最近越來越覺得這種日子實在難熬。」

雖說愛慕之心只是誤解，無法達成對方的遺願還是讓他長年都無法釋懷。直到實現這個願望的那一天為止，土御門信平恐怕只能繼續懷抱著這分傷痛。

陰陽課承接了許多不可思議的事件，其中也牽涉到不少擁有特異能力的人物。如果逆迴十六夜還在日本，說不定哪一天能夠再度相見。

因此，心懷一絲希望的土御門信平沒有離開陰陽課。

第一次知道土御門信平內心想法的角田彰吾不知為何換上別有含意的微笑，還舉起手肘頂了頂他。

「這樣啊，這下你咬牙努力至今的辛苦總算沒有白費。」

「……啥？」

「就是因為你把資料整理之類的事情全都塞給我處理才會遭到報應——好啦，看清楚找我們過來的人物名單，上面寫著你等待已久的名字。」

……咦？土御門信平發出像是拒絕理解的聲音。

下一瞬間，會客室自動門的另一邊出現了四名男女。

＊

「……嗯？我還想說是誰，結果這不是番長嗎？你在這種地方做什麼？」

被風雨打溼半個身子的男子以打心底感到不解的態度稱呼土御門信平為「番長」。和他同行的其他人——久遠飛鳥、久藤彩鳥以及御門釋天這三人同時歪著頭發問。

「番長？番長是指那個在學校裡當老大的番長嗎？」

「他是十六夜認識的人？」

「算認識吧，這個人是我學生時代在學校裡擔任番長的傢伙……不過你為什麼在這裡？成了『Everything Company』的員工嗎？」

逆迴十六夜靠近土御門信平——他口中的番長，當事人卻因為突如其來的再會而腦袋空白。畢竟先前充滿哀愁講述的對象如今出現在眼前，也難怪他會陷入混亂。番長僵住差不多一分鐘之後，才猛然抓住十六夜的領口大叫起來。

「你——你這傢伙至今為止都跑哪裡去了！既然連陰陽課的情報網都撈不到，該不會是躲到海外去了吧！」

「啥？說國外或許也算是國外吧，可是番長為什麼要找我？還有，所謂陰陽課的人員是你喔？」

「囉唆什麼，是我又怎樣！我可是陰陽課唯一的實戰部隊成員！還有你一直叫我番長番長是有完沒完！現在已經不是學生了，要叫人就好好叫我的名字！」

「呃，我又不知道你叫什麼名字。」

「你居然不知道我的名字！混帳傢伙！實在傷人！」

完全不懂番長為何如此生氣的十六夜只能冒出大量問號。

不知如何是好的飛鳥躲在一旁低聲對彩鳥搭話。

「其實我完全忘了十六夜也經歷過學生時代。」
「是……是啊，十六夜先生的學生時代真是讓人非常好奇。」
飛鳥和彩鳥都在內心暗暗發誓，晚一點要找番長問清楚相關的詳情。
另一方面，御門釋天找上陰陽課的另一名成員角田彰吾握手致意。
「不好意思啊，彰吾，突然找你們出來。」
「別在意，這是我們的工作。畢竟以前搜查時曾經麻煩『護法神十二天』提供協助，而且我這次的任務只有負責把那個不成熟的小子帶來找你們——但是你要小心點，羅馬現在的情勢充滿可疑的煙硝味。」
釋天虛心地接受了角田彰吾的忠告。
這時，被番長逮住的十六夜推開對方介入兩人的對話。
「羅馬？下一個舞台是羅馬嗎？」
「嗯，所以那邊的——呃，番長？就是嚮導之一。」
「我叫土御門信平！不叫番長！」
「土御門？——咦，番長是土御門家的成員？也就是安倍晴明的子孫？」
「對！你們的反應太慢了！強制我接受地獄般修行的也是那個人！我已經吐嘈吐到累了！」
番長連連喘氣。

正好就在此時，會客室裡突然響起電話聲。
這支電話都是內線使用，從來不曾有外人打來。因此彩鳥嚇了一跳，十六夜卻默默地示意她接聽。
彩鳥接起響個不停的電話，利用免持聽筒的功能讓整個會客室都能聽到內容。
「嗨嗨，初次聯絡，各位參賽者！你們應該順利見到嚮導了吧？」
「……既然知道嚮導的存在，代表你是箱庭的相關人士……是這樣對嗎？」
聽到彩鳥以嚴厲的語氣發問，男子發出輕佻的笑聲，隨即報上自己的名號。
「真是不好意思，我是那個傻小子的師父，也是被稱為『安倍晴明』的人物。」
「嘖……！」
「安……安倍晴明？所以你是葛葉小姐的公子？」
「哎呀？既然有人認識我的母親，看樣子那位『飛鳥妹妹』也在場嘍？抱歉我身為出資者卻沒能去找妳致意，因為我的管區實在是忙到不行，連喝個茶放鬆一下的空檔都擠不出來。」
「說什麼謊，你在十二天中明明是留守組，負責的工作量連我們的一半都不到吧？」
這句話真的讓在場所有人都滿心驚訝。
肯定沒有人能夠料想到擊退九尾狐的著名陰陽師「安倍晴明」居然成為化身，在「護法神十二天」裡名列一席。
然而身為當事者的安倍晴明卻隨便地笑了起來。

「哎呀，真是讓人懷念。自從很久以前受託保管了閻魔的印章之後，一直被焰摩天的神格給綁住。」

對於安倍晴明的發言，十六夜有了反應。

「閻魔的印章……是關於『決定往生之祕印』的軼事嗎？」

「對，能夠導正命運的生死祕印直接成為閻魔的靈格。這次要在外界進行恩賜遊戲，為了避免發生意外死亡的狀況才會叫我過來。要不是因為這樣，怎麼可能把我這種人找出來呢。」

唉……電話另一端的安倍晴明有氣無力地嘆了一口氣。

看樣子就像聲音給人的輕率印象，安倍晴明本人似乎自認是個無用之人。

然而被選為十二天的人物，怎麼可能會是個淺薄的傢伙。

「總之雜談到此為止，接下來進入本題。首先我想對在你們那邊的愛徒說明一下關於箱庭的事情，應該沒關係吧？」

「當然沒問題——不，先等一下。彰吾你最好去外面或下面消磨時間，聽了絕對會讓腦袋打結。」

「我樂意照辦，反正我的任務只有負責把這個不成熟的傢伙帶來此地而已。你雖然很辛苦，不過還是好好幹吧。」

角田彰吾敲了敲番長的胸口，一個人先行離開。

番長雖然一臉無法接受的表情，但這件事畢竟是工作。況且以往苦苦尋找過的逆迴十六夜終於出現在他的眼前。

為了消化過去的遺憾，這是千載難逢的機會。

已經認命的土御門番長決定先聽聽安倍晴明對諸神箱庭的說明。

*

「——……………………這些事是真的假的？」

說明開始後大約一小時。

異世界、修羅神佛、諸神的箱庭，還有世界的危機……一口氣聽完相關解說的土御門番長頭昏眼花地勉強擠出一句感想。

雖說他在外界長期處理靈異事件，這次的說明肯定還是遠遠超乎常識的範圍。

「不過……是嗎，這下謎題稍微解開了。我遇見的金絲雀小姐和丑松夫人都是從諸神箱庭來到這裡的居民嗎？難怪她們都擁有非比尋常的靈格。」

「只看一眼就能理解的你也很了不起。」

「我家弟子最大的優點兼最大的不幸就是那雙眼睛。只要有那對眼睛，就算是玉藻前的妖怪變化也能輕易看穿。根據修練的結果，進化到『揭穿真相』的領域也不是不可能的事情。即使是在箱庭，也是頗有價值的能力。」

確實沒錯……一行人都點頭同意。

只能算是頗有價值喔？土御門番長忍不住吐嘈了一句。

然而他要在箱庭生活恐怕是很困難的事情。

如果想在修羅神佛闊步的箱庭裡安穩度日，土御門番長的眼力有點過於強大。萬一在箱庭的路邊碰上哪個隱藏了強大實力的惡鬼，他肯定會當場嚇到腳軟。

「呃……所以，重點是什麼？在那個叫做『恩賜遊戲』的諸神遊戲中，我必須擔任嚮導之一？」

「對。在主權戰爭的下一個舞台中，我的弟子會為大家帶路。」

最後這句話的說話對象是飛鳥等人。

原本聯絡上陰陽課的只有飛鳥、彩鳥以及釋天，十六夜偶然在場或許是某種命運的安排。

「所以說他真的是嚮導……那麼第二戰的地點是哪裡呢？」

「地點是義大利的首都羅馬。那裡即將舉行震撼全世界的重大活動，你們和我的弟子一起前往就可以了。」

「啥？等一下，師父！怎麼可以突然要求我去羅馬，我這邊原本就有行程……」

「？你的行程有什麼要緊嗎？」

「什麼……那……那至少旅費方面……」

「當然不可能幫你出啊，你真笨。」

「好，下次見面時我一定會狠狠揍你一拳，你給我做好準備，混帳師父！」

土御門番長怒氣沖沖地嗆聲。

雖然已經知道地點是羅馬，也無法輕鬆特定出正確答案。既然現在聯絡上和主權戰爭籌辦方有關的人物，自然要盡可能多爭取到一些情報。

逆廻十六夜靠近電話，開始提出問題。

「你剛剛提到羅馬的重大活動，那是一年舉辦一次的活動嗎？」

「ＮＯ，那種活動要是一年就舉辦一次，全世界都會陷入混亂。」

「……所以說，那是十幾年才會舉辦一次的活動？」

「ＹＥＳ，至少需要那樣的間隔。」

十六夜審慎分析安倍晴明的回答，臉上的表情也越發嚴肅起來。

飛鳥和彩鳥無法理解這些問答有什麼意義，不過對十六夜來說或許是充足過頭的情報。

在義大利的首都羅馬舉行的重大活動。

每隔十幾年才會進行一次。

要是每年舉辦會導致世界混亂。

根據以上的情報，十六夜提出最後的問題。

「那個活動——是不是**必須有哪個人死亡之後才會開始？**」

「ＹＥＳ。」

十六夜突然一腳踢倒附近的書架，快步走出會客室。不只拿東西出氣不符合他的風格，也不知道他丟下嚮導到底是想去哪裡。

飛鳥和彩鳥都慌慌張張地試圖挽留十六夜。

「你……你先等一下！十六夜！好不容易找到嚮導，大家一起前往羅馬不就好了！」

「我同意。雖然是出乎預料的發展，這也算是某種緣分。所以只要結伴而行……」

「沒時間了。事態萬分緊急，某些情況下還有可能失去參賽資格，妳們別跟著我。」

全身冒著怒氣的逆廻十六夜只留下這句話，隨即丟下在場所有人瀟灑離開。

一行人只能愣愣地目送他的背影。

釋天對著電話另一頭的安倍晴明開口抱怨。

「你這傢伙……個性還是一樣扭曲黑心。」

「啊哈哈～抱歉啊社長。因為感覺他是個比傳聞中更加純情率直的青年，讓我忍不住想要捉弄他一下。我根本沒料到他能夠光靠那一點情報就掌握全貌，還打算一個人前往羅馬。真是傷腦筋啊！」

安倍晴明拍著額頭，顯然根本不怎麼困擾。

聽了這些話的飛鳥和彩鳥也緊張地發問。

「雖然我剛剛阻止十六夜，不過我也很想追究『必須有哪個人死亡才會開始』的遊戲到底是怎麼一回事？」

「同意。魔王的遊戲還可以另當別論，但這次是箱庭守護者們舉辦的正統恩賜遊戲。倘若遊戲接受以死亡作為執行條件，未免會讓人懷疑籌辦單位是否欠缺健全的判斷力。」

兩人都語氣嚴厲地指責安倍晴明與御門釋天。

儘管規則並不講理的恩賜遊戲所在多有，以死亡作為開端的遊戲仍然過於惡劣。更何況這次還是在外界舉辦的遊戲。

土御門番長的視線也很不客氣。

「……實際上怎麼樣呢，師父？我相信師父，但我也認為這種狀況當然會引起疑心。」

「我能透露的只有這些喲，接下來必須由你們親眼去確認事實——別擔心，你們一定能找出最後的真相。」

安倍晴明講到這裡就切斷通話。

飛鳥等人無法判斷這個人是不是真正的安倍晴明。然而如果有哪個人會因為恩賜遊戲而不當地失去生命，他們絕對不能當作不知道。

「彩鳥小姐，我們去追十六夜吧！現在應該還來得及！」

「好，釋天先生要怎麼做？」

「我還有其他事情，沒辦法和你們一起過去。接下來只能由參賽者和嚮導共同行動——土御門，你可以接受這個安排吧？」

「當然，再怎麼說我也是警察的一分子。聽到有人會莫名喪命，怎麼可能袖手旁觀。」

聽到土御門番長如此乾脆的回答，釋天露出淺淺微笑。

於是三人為了追上十六夜而跑出大樓，在暴風雨中尋找他的下落。幸好十六夜待在公車站附近的便利商店裡。

發現飛鳥等人後，十六夜帶著他們前往便利商店的休息區，確認眾人的意圖。

「既然你們跟了上來，是不是代表兩位大小姐也對這個不講情理的遊戲感到不滿？」

「關於這部分，必須先聽十六夜講解詳情才能發表意見。」

「同上，我想番長先生一定也是相同想法。」

「我的想法是一樣啦，但是可以請你們不要再叫我番長了嗎？」

真的很丟臉……土御門番長有點不高興地要求眾人修正用詞。然而以名稱捉弄他人是久藤彩鳥從以前到現在的壞習慣。想必不會輕易改變。

「好吧。我會稍加說明，然後你們三個前往羅馬，我要去見一下白夜叉。」

「去見白夜叉？」

「嗯，身為前次優勝者又擁有過半數太陽主權的白夜叉是這次遊戲的最高階顧問之一，應該也和遊戲的整體結構有關。」

白夜王的立場能夠對遊戲的勝利條件提出意見，十六夜應該是基於這一點才要去見她。

「知道了，聽完說明之後我們就先前往羅馬吧。」

四人對著彼此點頭，開始回顧先前的問答。

*

「好了，剛剛從安倍晴明那邊獲得的提示有三個。

①羅馬將舉行一個重大活動。

②這個重大活動如果沒幾年就進行一次，將會造成世界混亂。

③這個活動必須有哪個人死亡才會開始。

——這些提示中最重要的是提示②，因為提示②包括『這個活動具備足以導致世界陷入混亂的規模』以及『這個活動的發生頻率過高會導致世界陷入混亂』這兩項要素。代表這個活動至少是一種連續發生時不會讓人感到開心的事情。」

「所以十六夜是從這一點聯想到提示③嗎？」

十六夜點頭同意飛鳥的推測。

「在羅馬舉行的重大活動，而且必須有人過世才會開始。根據這兩項要素，能能導出的答案只有一個。羅馬應該很快就會開始進行Conclave。」

「……康什麼？」

「——拉維？」

就知道你們會有這種反應……十六夜帶著苦笑看向飛鳥和土御門番長。

「彩鳥大小姐，妳應該知道什麼是Conclave吧？」「

「那當然，就是羅馬教廷選舉新教宗的祕密會議——教宗選舉(Conclave)吧？」

教宗選舉——Conclave是樞機團在梵蒂岡推舉下一任教宗的選舉活動。

為了選出新教宗，樞機選舉人會舉行會議，只有當選者獲得超過三分之二的得票時才會出現新時代的教宗。

討論到此，彩鳥很不解地歪了歪腦袋。

「但是這件事有點奇怪，基本上教宗是**終身制**，Conclave並不是哪個人想召開就可以進行的活動。」

「也不一定吧？或許現任教宗的良(Leo)二十一世打算生前退位。」

彩鳥對土御門的發言感到很不以為然。

如果教宗真的有意生前退位，那可是超級重大的事件。為了通知全世界的教徒，必定會發表各式各樣的報導，絕不可能私下進行。

「很抱歉要反駁十六夜先生，不過我完全沒聽說教宗要生前退位的消息，這種事情也不是一朝一夕就能決定的問題……」

「當然，所以這次的Conclave會是突發事件。」

「突……突發事件？」

「你意思是突然舉行教宗選舉？」

兩人看著彼此，滿心懷疑地歪著腦袋。

滿臉緊迫神色的十六夜看向羅馬的方位。

「沒錯……而且『契約文件』的勝利條件裡提到了『王冠』與『歷史轉換期』，根據現狀，『王冠』應該是指三重冕。而且恐怕——」

講到這邊，十六夜停了一下。接下來要說的推論實在讓人難以啟口，然而已經說了這麼多，他有義務對兩人講明一切。

十六夜搗著嘴，吐著氣慢慢說道：

「現任教宗——會因為某個理由而遭到暗殺。」

「你……你說教宗會……」

「遭到暗殺？」

「對，如果要靠著這件事來引發『歷史轉換期』的話……那麼毫無疑問，第二戰會由暗殺教宗的人物成為勝利者。」

第五章

Last Embryo

——德國共同粒子體研究所「尤彌爾（Ymir）」。

同一時刻——地球另一端的德國。

在太陽主權戰爭第一戰中順利存活下來後，西鄉焰來到了粒子體研究的最前線「尤彌爾研究所」。他的主要目的是為了安排身為白化症患者的西鄉菜菜實和持斧羅摩接受檢查，另一方面則是因為有很多事情必須在這個研究所進行確認。

例如聯絡義大利的地震觀測所並請求對方提供近年的統計資料，或是拿「天之牡牛」殘留的粒子跟西鄉菜菜實和持斧羅摩的血中粒子相互比對後會得到什麼結果等等……有一大堆東西都只能經由「尤彌爾」才有辦法取得。

而且為了確認自亞特蘭提斯大陸上獲得的情報到底是不是事實，最起碼要在第二戰開始之前先做好這些檢查。

接下來——只要拜託義大利地震觀測所的資料送達此處，焰馬上可以展開行動。

（義大利位於歐亞大陸板塊和非洲板塊的會合處，和日本一樣是地震頻繁的國家，所以他們的資料最適合拿來和從日本取得的地震資料相互對照……更何況這是查證那個假設的大好機會。）

來到休息室的他靜靜看向燭台上的十字架裝飾。

地震大國義大利的首都羅馬也是梵蒂岡的坐落之地。

假使梵蒂岡的教宗對於目前事態已經開始認真對應，很可能會因為這次請求資料的動作而給出某種反應。

換句話說，只要教廷掌握了事態，說不定就能一口氣獲得謁見教宗的機會。

（其實借用「尤彌爾」的名義應該有辦法見到教宗……可是我想先觀察一下對方到底打算如何行動。要是教廷依然沒有任何反應，只能優先尋找麥第奇家族成員的下落。）

西鄉焰原本很想跟亞特蘭提斯大陸上那個身穿「三重冕」T恤的女性聊聊，她卻在脫離大陸的同時消失無蹤。

看樣子麥第奇家族也不想讓他隨隨便便就搭上關係。

（這樣一來……只能找另一個重要關係人探聽消息嗎？）

實在讓人提不起勁……焰喪氣地垂下肩膀。

雖然那個人物肯定是箱庭的相關人士，但是直到今日為止，西鄉焰他們只拿到間接證據。

他不認為對方好對付到光憑這些證據就足以攻破防線。

萬一連那個人也決定保持沉默，接下來恐怕必須多繞好幾次路。
距離毀滅性的火山噴發只剩下十五年，怎麼能從現在就開始繞起遠路。
「再怎麼不情願也不能逃避現實……那個人平常這時間都會待在休息室才對……可是他又相當隨性，到底跑哪裡去了？廁所嗎？」
「不，我在這裡。」
聽到背後突然響起回話聲，焰嚇到整個人跳了起來。
這下連說話的人也吃了一驚。
對方大概沒想到焰的反應居然會如此誇張。
愛德華．格里姆尼爾研發部長邊笑邊熄掉雪茄，因為預定外的惡作劇如此有效而開心地找了個位子坐下。
「抱歉，看你好像一直在想事情，所以我沒立刻叫你。」
「不……確實是我自己在公共場合抱頭苦惱很久。」
「沒錯——那麼，你找我有什麼事？那兩個少女的檢查結果出來了嗎？」
「我有兩件事情想提出報告，其中一件就是檢查結果。要不要先換個地方呢？」
「不，在這裡就好。反正其他職員幾乎都走了，在這個設施裡的人只剩下我和你還有菜菜實小妹妹，以及卡拉跟威悉所長。」
愛德華研發部長瞇起雙眼，形成讓人不快的弧線。

這句話是否在暗示：「研究所裡只剩下我的人」？

焰感覺到背脊一涼。不過如果他會因此而感到畏縮，根本打從一開始就不會來找愛德華。

打定主意的焰把身子往前傾，首先展示出西鄉菜菜實的檢查結果。

「關於西鄉菜菜實這位最近找到的粒子體受試者，調查她的血中粒子後，結果發現了粒子體的新性質。」

「嗯，講得簡潔一點就是？」

「粒子體會依據人類宿主的體質而發生變化，而且宿主的個人資質還會造成很大的影響。想像成類似血型的東西應該比較容易理解。」

焰在桌上攤開三張資料，愛德華研發部長也很有興趣地探頭觀看。

「請你看一下這些資料。第一張是原典的粒子，第二張是西鄉菜菜實的粒子，第三張是持斧羅摩的粒子。在此暫時將這三個粒子分別命名為Ⅰ、Ⅱ、Ⅲ型粒子。」

「嗯，你繼續說。」

「作為原典的粒子Ⅰ型能適應任何人類的血液，相較之下，粒子Ⅱ型、Ⅲ型卻只有在性狀符合的人類體內才會活動。甚至有可能成為異物，形成妨礙粒子加速的原因。」

聽到這邊，愛德華研發部長為了仔細理解焰的報告而沒有多說什麼。

他花了大約五分鐘研究這些資料，最後敲了敲原典粒子體的報告書，臉上表情非常嚴肅。

「看樣子這不是什麼好消息……但是我想先確認幾件事。」

「是。」

「混合粒子Ⅰ型和粒子Ⅱ型時，粒子Ⅰ型會變質成粒子Ⅱ型……這個見解沒錯吧？」

「對，部長說得沒錯。」

「至於粒子Ⅱ型和粒子Ⅲ型之間已經失去互換性……不，只是失去互換性也就算了，實際上是喪失了星辰粒子體（Astral Nano Machine）原有的萬能性，為了發揮單一機能而變化成專門型……以上的說明正確嗎？」

「對，就是那樣。」

「這下傷腦筋了……」

愛德華研發部長搔著後腦換了個姿勢，看起來像是感到束手無策。換句話說，粒子體研究打從一開始就存在著等同於最完美傑作也絕對不可或缺的人物。

「過去的假設是『從胎兒開始成長的粒子體實驗體能夠量產和原典相同的粒子體』，結果現在卻必須變更成『僅限從胎兒開始成長的**特別**實驗體能夠量產和原典相同的粒子體』這樣的內容——哎呀，傷腦筋！真的讓人傷透腦筋！」

「我同意。因此為了推動粒子體研究，不能不承認我們無論如何都需要可以產生原典的實驗體，一定要立刻找出符合的人物。」

焰一邊刻意裝傻，同時摸索著可行的下一步。

畢竟擁有殺手鐧的人當然是焰這一邊。

只有體內埋有原典的特異體質少年——逆廻十六夜與西鄉焰具備能夠促進粒子體研究更進一步的能力。

若想讓研究繼續發展，絕對少不了兩人的協助。

焰正在評估該在哪個時機使出這個殺手鐧。

「製造出原典的人物嗎……我本來想盡量拖延讓那傢伙前來研究所的時間，這下可沒辦法再堅持下去了。」

「咦？」

「我是指逆廻十六夜。那傢伙的腦袋實在太過靈光，可能的話，我不想讓他靠近這個研究所——何況這裡還有他在箱庭見過的人。」

下一秒，焰產生全身寒毛彷彿一口氣倒豎的錯覺。

愛德華研發部長很快察覺西鄉焰試圖在棋局裡展開封鎖，於是在遭到封死之前搶先主動出擊。他以毒蛇般的視線盯著眼前的焰，慢慢呼出雪茄的白煙。

「事已至此，繼續隱瞞沒有好處。我們原先認定逆廻十六夜是少數的貴重實驗體，然而實際狀況卻不是如此，因為逆廻十六夜其實是獨一無二的實驗體。在查明這種唯一性究竟有什麼機制之前，彼此何不暫時休戰？」

「……所以你果然是『Ouroboros』派來的內奸嗎……！」

「這個答案一半正確一半不正確，正確的部分是我確實和那些傢伙互有往來。此外，

『Ouroboros』的最高層領導者們已經開始修正意見，傾向或許該對目前的事態靜觀其變。」

這出乎意料的反應讓焰不由得整個人僵住。

然而現在已經查明能夠產生原典的實驗體只有逆廻十六夜一個，其他勢力當然必須做出決斷，選擇究竟是要抓住逆廻十六夜，還是要等待西鄉焰的研究獲得進展。

雖然「Ouroboros」一直採取殘酷無情的做法，但是焰也聽說過他們聲稱那些行動全是為了拯救人類。

「你總有一天會明白『Ouroboros』到底是什麼樣的組織，他們的最高層領導者們並沒有什麼明確的野心。真正有野心的人反而是想要利用他們力量的存在——例如像我這樣的傢伙。」

愛德華研發部長露出像是在說笑的笑容。他之所以提及「Ouroboros」的內情，大概是想取得焰的信賴。

儘管已經感覺不到惡意，依然不能對眼前的人物掉以輕心。

焰重振精神，繼續和對方周旋。

「愛德華先生，其實我本來以為你是嚮導之一。」

「嚮導？你說我嗎？——哈哈，怎麼可能，我要到第三戰才會和主權戰爭扯上關係。至於你提到的第二戰嚮導，其實很快就會來到此地。」

啥？西鄉焰發出沒進入狀況的聲音。

就在此時，通知外部客人來訪的鈴聲正好響起。

接下來還可以聽到兩個腳步聲從正門玄關毫不猶豫地朝著這邊逐漸靠近。

然而太陽已經開始下山，今天也沒有安排客人來訪的行程。不知道來者何人的焰忍不住有點警戒——結果卻出現意料之外的人物。

其中一人身穿「三重冕」T恤搭配外套……正是那個叫米莎的女性。

「哈囉！焰小弟！不好意思在亞特蘭提斯大陸上沒能找到機會和你好好聊一聊！我是不是應該自我介紹一下？」

「呃……我記得妳是米莎小姐吧？」

「啊哈哈！那其實是化名，不過暫且就叫我米莎吧。畢竟除了親人，只有這傢伙知道我的本名。」

米莎豎起拇指，比了比待在她身後的跟班。

跟班少年悶不吭聲地來到焰的面前，想要和他握手。

「你好，我叫康萊，『萬聖節女王』命令我擔任你和米莎的護衛。我沒辦法參加解謎，但是對戰鬥方面很有自信。」

「原……原來是女王的命令……既然如此，你們算是和我屬於同一勢力嗎？」

「我必須告訴你那種講法只有一半正確。說起來女王是我們的出資者之一，但也僅此而已。聽說上面的人已經協調好第二戰要締結互助關係，所以我們也沒有拒絕的權利。算了，總之放輕鬆一點吧，後面還要跟彩鳥會合呢。對了，你講話不必那麼客套，我不喜歡那種正經八百的氣氛。」

米莎也跟在康萊後面和焰握了手，還連珠炮似的講了一串話。這突如其來的致意讓西鄉焰一時愣住，這時他突然想到一個重要的問題。

「兩位成為同伴當然可靠，不過你們是參賽者而不是嚮導吧？」

「對，這就是重點。我們原本要從ＷＨＯ帶嚮導過來，可是那個人後來卻無法離開羅馬，只好緊急更換第二戰的嚮導人選。」

「什麼？」

聽到這邊，愛德華研發部長的臉色變了。

目前在場的人物當中，沒有什麼人可以代為擔任主權戰爭的嚮導。

發現情況不對的愛德華研發部長立刻站起來試圖離開，卻被不打算放過他的米莎抓住後領。

「好了好了，你可別跑啊，愛德華先生。我記得你欠了我們很大一筆人情債，而且這次是負責籌辦主權戰爭的營運委員會直接下達的命令，沒有推託的餘地。」

「……嘖，就是因為這樣，我才不想欠你們麥第奇家族人情。」

「哎呀，我希望你覺得很光榮，因為以人類的力量去拯救世界是我們麥第奇家族的課題。」

「麥第奇家族」——一聽到這個名字，西鄉焰忍不住握緊拳頭做出勝利動作。

他的推測果然沒錯。

據說麥第奇家族在表面上製造出已經家脈斷絕的假象，私底下卻主動對各式各樣的研發者提供支援。

世界數一數二的大富豪家族至今仍血脈綿延，挺身對抗這個世界的危機。

「好了，焰小弟，麥第奇家族認定你是粒子體研究的最後希望……你應該明白這是什麼意思吧？」

「麥第奇家族願意支援我在今後計畫上需要的所有經費……是這樣嗎？」

「不是只有資金，環境控制塔的建設計畫等所有事業的相關情報都會匯集到你手上吧？為了拯救世界，只要你需要任何物資、設施、情報，麥第奇家族就會為你備齊一切。」

聽到米莎提出的壓倒性條件，焰反而有點畏縮。

這規模只能用浩大非凡來形容。既然麥第奇家族正式表明願意出手支援，資金方面想必不會有任何不安。

「但是，在我們開始支援前——」

「我必須突破太陽主權戰爭的第二戰，對吧？」

ＹＥＳ♪米莎豎起拇指，肯定焰的發言。

「我了解了。根據先前的對話，我想下一個舞台應該是羅馬？」

「對，羅馬……梵蒂岡即將舉辦Conclave——啊，你知道Conclave是什麼嗎？」

「我當然知道，就是羅馬教廷舉行的教宗選舉(Conclave)吧？不過——嗯？」

這時，焰突然覺得事情不太對。

大概是因為他也回想起梵蒂岡的教宗其實是終身制。

愛德華研發部長沒有錯過這次空檔，換上令人不快的笑容。

「原因是暗殺，現任的教宗必須遇刺身亡。這是第二戰的勝利條件之一。」

聽到愛德華研發部長的發言，所有人都懷疑起自己的耳朵。

他懶懶地坐在沙發上，以一副理所當然的態度繼續說道：

「我就不懂你們為什麼還在討論這種事，原來是根本沒察覺嗎？這次的王冠是指『三重冕』，也就是教宗的象徵。」

「咦……換句話說，現任的教宗會因為主權戰爭而遭到暗殺嗎？」

「不是那樣。現任教宗遭到暗殺是『歷史轉換期』，也就是匯聚點之一，而且還是個特別巨大的匯聚點。要是改變這個趨勢，甚至會妨礙到那個要在十五年後拯救世界的事業。」

「你……你意思是環境控制塔計畫也會受到拖累？」

米莎忍不住激動發問。

三人至此都呈現極度困惑的動搖狀態。

畢竟現任教宗一旦遇刺身亡，遍布於世界各地的信徒都會陷入嚴重混亂。

既然全世界有十億以上的人口都惴惴不安，屆時根本顧不得什麼拯救世界的大業。

「實際上如何呢？說不定是Conclave本身具備了什麼意義喔？」

「教宗選舉本身的意義？」

「沒錯。另外還有一個可能性，那就是現任教宗的理念並不贊同粒子體研究。在這種情況下，只要現任教宗仍是教宗，教廷就無法表明支持粒子體研究的立場，妳打算借用教宗權威的劇本也會告吹。不，甚至不只是那樣——」

講到這邊，愛德華研發部長一臉苦澀地摀住嘴巴，似乎是注意到了什麼問題。

「搞不好……現任教宗已經得知關於粒子體研究進行人體實驗的相關消息。」

「嗚……！」

對於愛德華研發部長的考察，焰和米莎都只能用力咬著大拇指的指甲並表示同意。他的推論確實很有可能符合現實。

羅馬是地震大國義大利的首都。針對將來會發生的毀滅性火山噴發，或許義大利當局早已取得了某些重要情報。

說不定還有哪個組織曾經前去尋求教廷的協助，卻在那時惹怒了現任教宗。

那樣一來，現任教宗對粒子體研究就成了巨大的障礙。

自然也極有機會成為積極推動粒子體研究時不可缺少的「歷史轉換期」。

「焰小弟，你想怎麼做？」

「我……我嗎？」

「對，我們這次收到的命令是提供協助。換句話說，最終判斷必須由你自己做出決定。」

「同上。對於只會舞刀弄槍的我，這個問題太過困難。」

發現棒子交到自己手上的西鄉焰滿心困惑。

「歷史轉換期」是人類歷史上的匯聚點，也可以形容成理當發生也實際發生的命運。為了今後的粒子體研究，也為了避免人類走向滅亡，或許更換教宗是一種有效的手段。

然而那種行為——是不是違反了他一直主張至今的理念？

父親西鄉東夜追求的世外桃源，一個「理想世界」應有的狀態。

父親寫下的論文，還有選擇相信那份誠摯理念的哥哥。從自己說出願意相信哥哥的那一天起，西鄉焰的心之所在從未改變。

既然如此，該做的事情只有一個。

「……米莎、康萊。」

「嗯。」

「什麼事？」

「和彩鳥會合後，我們也前往羅馬。然後——要阻止暗殺現任教宗的行動！」

焰無法忍受為了「歷史轉換期」而傷害人命的行為。

米莎豎起大拇指像是支持焰的決定，康萊則是只聳了聳肩。

至於原本坐在沙發上一臉無趣表情的愛德華研發部長再度換上惹人厭的笑容，開口對焰提出質問。

「西鄉焰，你這話自我矛盾。你自己不是已經得出結論，認為教宗的協助對粒子體研究是不可或缺的關鍵嗎？結果你現在卻要親手推翻這個論點？」

「這話聽起來很像狡辯，但我只不過是遵守了一貫的行動理念。技術上的落後可以靠強化設備來彌補，不足的智慧也只要用人數來互補就行——為了獲得更多人的理解，只能靠著更多努力和真誠來戰鬥下去。為了世界的和平，我認為近代研究者必須走上彼此共榮的道路才是至關重要的行動。」

他相信無論是進行人體實驗而葬送的生命，還是為了縮短時間而犧牲的生命，都擁有平等一致的價值。

「萬一現任教宗真的選擇了反對粒子體研究的立場，我會去說服對方，也會讓『歷史轉換期』從『暗殺教宗』切換成『說服教宗』。為了達到目標，我必須前往梵蒂岡……！」

愛德華研發部長瞇起眼睛收起笑容，問了最後一句。

「……這是你身為研究者的意氣嗎？」

「不，是我身為一個人的意氣，也是為了自身尊嚴的行動。」

「是嗎……嗯，也對，你就是這種人。」

愛德華研發部長邊忍著笑意邊站了起來，帶路般地率先走了出去。

「好，我開始有點興趣了。你們在羅馬的領航員，就由我愛德華．格里姆尼爾來擔任。」

「ＯＫ！這下人員都到齊了！前往教宗身邊負責警戒吧！」

焰、米莎、康萊三人依序跟在愛德華研發部長身後，出發前往羅馬。

太陽主權戰爭的第二戰——正在一步步逐漸迫近。

終章

——精靈列車，追憶廳。

很難得的——真的很難得的，白夜王正在眺望星空。

觀察天象並藉此預測命運的行為對她來說並沒有什麼意義。畢竟白夜王身為星靈的高階種，星空就等於自身的鏡子。

因此白夜王就算觀測天象，也不可能解讀出正確的命運。

今晚之所以遠眺星空，是因為她正遙想著遠方的另一個世界——在外界舉行的主權戰爭。

（……太陽主權戰爭的第二戰即將開始。根據第二戰的結果，或許必須重新審視箱庭與外界的關係。）

長年以來，箱庭與外界都作為對方的相互觀測者並彼此補足至今。

白夜王從箱庭建立都市之初就一直旁觀這種聯繫，但是這種不講理的關係卻多次讓她感到憤怒。

人類的滅亡與箱庭的滅亡。

外界與箱庭既是相互觀測者又是命運共同體，能夠切斷雙方關係的方法恐怕只有一個。

（那是開始舉辦主權戰爭的現在才有可能辦到的手段。帝釋天和女王等人想必會表示反對，可是我已經不願意再看到箱庭被人類這種脆弱種族拖累的情況。）

對於白夜王來說，在箱庭裡安居樂業的人類是值得疼愛的庇護對象。

然而她並不認為自己另有義務保護生活在箱庭之外的人類。這種想法出自於白夜王的內心，從她試圖永遠封印魔王阿吉．達卡哈那時起，直到現在都不曾改變。

只要心愛的世界能夠平安順利地持續下去，白夜王並不在乎自身究竟會有何種下場。問題是箱庭與外界的關係並非只憑白夜王一個人的力量就能改變。

（最重要的不是人類的存續，而是**相互觀測者**必須存續。既然如此，尚有可用的手段。我的願望是要讓箱庭成為永恆的都市，一旦錯過這個機會，實現願望的可能性恐怕會消失。）

過去以魔王身分四處逞威時，白夜王不顧其他箱庭居民的想法，獨斷地推動一切。這次的狀況卻不一樣。

正因為每個人都對兩個世界的關係感到不安，身為星靈高階種的白夜王才必須實際行動。

（十六夜、飛鳥、耀，你們要知道處處都是敵人。包括「殺人種之王」、「蓋亞么子」率領的「Yggdrasill」，以及暗中陰謀不軌的「Ouroboros」。至於一直躲在水面下活動的「Avatāra」，我甚至還無法完全掌握他們行動的理由。要是你們終究沒能克服所有障礙，或許我還是會選擇一口氣改變外界與箱庭關係的道路。）

身為上屆優勝者的白夜王並沒有直接參加主權戰爭，但是麾下仍有接受她以出資者身分給予支援的共同體。

如果最後是那個共同體奪得勝利，白夜王將會毫不留情地為箱庭與外界帶來變革。

「——審判之日已經一步步靠近。最新的英傑們，賭上一切往前衝刺吧。」

白夜王的銀白長髮開始一點點染上黑色。

她身為「不沉太陽的化身」，髮色卻逐漸轉化為漆黑。

當十六夜等人明白這現象到底代表什麼意義時——才是他們理解太陽主權戰爭真正意義的時候。

後記

說起來有點突然，不過我之前病倒去麻煩醫院照顧了一陣子。

因為出了很多事情讓我身心雙方都耗盡ＨＰ，過著光是在推特上勉強開開玩笑已是極限的生活。

而且原稿本身在去年十月已經完成並交給Sneaker編輯部了，但是似乎發生了什麼不可思議的事情，才會讓大家等了一年以上。

哎呀，我原本以為自己不管是在人際關係方面還是推特方面都逞著各種強存活至今，看樣子身心都持續受到極為強烈的傷害。

畢竟已經不年輕了嘛！混帳！……就是這種感覺。

這次給家人和出版社都添了麻煩，我要藉此機會表達歉意。

面對「人生從未被逼得如此走投無路」的狀況時，我突然產生一個想法。

「要是就這樣繼續創作問題兒童系列，自己肯定會再度掛掉。」

——就是這樣的想法。

雖說是因為歷經無法明講的各式各樣又各式各樣的事情才走到如今這種地步，總之得出身心雙方都無法照著現狀繼續下去的判斷。找人商量的結果，這部作品《問題兒童的最終考驗》大概會暫停一陣子。

我打算繼續某些創作活動，不過應該會和《問題兒童系列》先保持距離。因為暫時恐怕難以創作輕小說，也無法預料以後如何演變，所以我判斷這下還是直接跟各位讀者說明現狀會比較好。

不好意思讓大家等了這麼久卻是這樣的結果。

自己差不多認真考慮了大約半年，仍然沒找到除此之外的處方箋。

希望哪天能夠以某種形式來尋求完結，只是目前同樣還不確定會是何種形式。因此我能透露的只有一件事。

只要有逆迴十六夜在，無論是以何種形式，這個世界都必定會得救。

現在，這句話已是我的全力。那麼，期待有一天能與各位再相見。

竜ノ湖太郎

國家圖書館出版品預行編目資料

問題兒童的最終考驗. 8, 問題兒童的追想/竜ノ
湖太郎作 ; 羅尉揚譯. -- 初版. -- 臺北市 : 臺灣
角川股份有限公司, 2021.05
面 ; 公分. -- (Kadokawa fantastic novels)
譯自 : ラストエンブリオ. 8, 追想の問題児
ISBN 978-986-524-409-5(平裝)

861.57　　110003644

Kadokawa
Fantastic
Novels

問題兒童的最終考驗 8
問題兒童的追想

（原著名：ラストエンブリオ 8 追想の問題児）

2021年5月24日 初版第1刷發行

作　　者：竜ノ湖太郎
插　　畫：ももこ
譯　　者：羅尉揚
發 行 人：岩崎剛人
總 編 輯：蔡佩芬
主　　編：朱哲成
美術設計：宋芳茹
印　　務：李明修（主任）、張加恩（主任）、張凱棋
發 行 所：台灣角川股份有限公司
地　　址：105台北市光復北路11巷44號5樓
電　　話：（02）2747-2433
傳　　真：（02）2747-2558
網　　址：http://www.kadokawa.com.tw
劃撥帳戶：台灣角川股份有限公司
劃撥帳號：19487412
法律顧問：有澤法律事務所
製　　版：尚騰印刷事業有限公司
ISBN：978-986-524-409-5